寂寞①（代序）

寂寞是一种清福。我在小小的书斋里，焚起一炉香，袅袅的一缕烟线笔直的上升，一直戳到顶棚，好像屋里的空气是绝对的静止，我的呼吸都没有搅动出一点波澜似的。我独自暗暗的望着那条烟线发怔。屋外庭院中的紫丁香树还带着不少嫣红焦黄的叶子，枯叶乱枝时时的声响可以很清晰的听到，先是一小声清脆的折断声，然后是撞击着枝干的磕碰声，最后是落到空阶上的拍打声。这时节，我感到了寂寞。在这寂寞中我意识到了我自己的存在——片刻的孤立的存在。这种境界并不太易得，与环境有关，但更与心境有关。寂寥不一定要到深山大泽里去寻求，只要内心清净，随便在市廛里，陋巷里，都可以感觉到一种空灵悠逸的境界，所谓“心远地自偏”是也。在这种境界中，我们可以在想像中翱翔，跳出尘世的渣滓，与古人游。所以我说，寂寞是一种清福。

在礼拜堂里我也有过同样的经验。在伟大庄严的教堂里，从彩色玻璃透进一股不很明亮的光线，沉重的琴声好像是把人的心都洗淘了一番似的，我感觉到了我自己的渺小。这渺小的感觉便

---

① 选自台湾九歌出版社1997年出版的《雅舍小品补遗》。

是我意识到我自己存在的明证。因为平常连这一点点渺小之感都不会有的!

我的朋友萧丽先生卜居在广济寺里，据他告诉我，在最近一个夜晚，月光皎洁，天空如洗，他独自踱出僧房，立在大雄宝殿前的石阶上，翘首四望，月色是那样的晶明，蓊郁的树是那样的静止，寺院是那样的肃穆，他忽然顿有所悟，悟到永恒，悟到自我的渺小，悟到四大皆空的境界。我相信一个人常有这样经验，他的胸襟自然豁达辽阔。

但是寂寞的清福是不容易长久享受的。它只是一瞬间的存在。世间有太多的东西不时的在提醒我们，提醒我们一件杀风景的事实：我们的两只脚是踏在地上的呀！一只苍蝇撞在玻璃窗上挣扎不出，一声“老爷太太可怜可怜我这个瞎子罢”，都可以使我们从寂寞中间一头栽出去，栽到苦恼烦躁的漩涡里去。至于“催租吏”一类的东西打上门来，或是“石壕吏”之类的东西半夜捉人，其足以使人败兴生气，就更不待言了。这还是外界的感触，如果自己的内心先六根不净，随时都意马心猿，则虽处在最寂寞的境地里，他也是慌成一片，忙成一团，六神无主，暴跳如雷，他永远不得享受寂寞的清福。

如此说来，所谓寂寞不即是一种唯心论，一种逃避现实的现象么？也可以说是。一个高蹈隐遁的人，在从前的社会里还可以存在，而且还颇受人敬重，在现在的社会里是绝对的不可能。现在似乎只有两种类型的人了，一是在现实的泥溷中打转的人，一是偶而（尔）也从泥溷中昂起头来喘几口气的人。寂寞便是供人喘息的几口清新空气。喘过几口气之后还得耐心的低头钻进泥溷里去。所以我对于能够昂首物外的举动并不愿再多苛责。逃避现实，如果现实真能逃避，吾寤寐以求之！

有过静坐经验的人该知道，最初努力把握着自己的心，叫它什么也不想，那是多么困难的事！那是强迫自己入于寂寞的手段，所谓参禅入定全属于此类。我所赞美的寂寞，稍异于是。我所谓的寂寞，是随缘偶得，无须强求，一霎间的妙悟也不嫌短，失掉了也不必怅惘。但凡我有一刻寂寞时，我要好好的享受它。

癸未春日少梅陳雲彰

Contents 目录

寂寞是一种清福

早起[1]

曾文正公说："作人从早起起。"因为这是每人每日所做的第一件事。这一桩事若办不到，其余的也就可想。记得从前俞平伯先生有两行名诗："被窝暖暖的，人儿远远的……"在这"暖暖……远远……"的情形之下，毅然决然的从被窝里窜（蹿）出来，尤其是在北方那样寒冷的天气，实在是不容易。惟以其不容易，所以那个举动被称为开始作人的第一件事。偎在被窝里不出来，那便是在作人的道上第一回败绩。

① 本文及随后的十一篇散文均选自台湾大林出版社1980年出版的《秋室杂文》。

历史上若干嘉言懿行，也有不少是标榜早起的。例如，《颜氏家训》里便有“黎明即起”的句子。至少我们不曾听说哪一个人为了早晨晏起而受到人的赞美。祖逖闻鸡起舞的故事是众所熟知的，但是我们不要忘了祖逖是志士，他所闻的鸡不是我们在天将破晓时听见的鸡啼，而是“中夜闻荒鸡鸣”。中夜起舞之后是否还回去再睡，史无明文，我想大概是不再回去睡了。黑茫茫的后半夜，舞完了之后还做什么，实在是不可想像的事。前清文武大臣上朝，也是半夜三更的进东华门，打着灯笼进去，不知是不是因为皇帝有特别喜欢起早的习惯。

西谚亦云：“早出来的鸟能捉到虫儿吃。”似乎是晚出来的鸟便没得虫儿吃了。我们人早起可有什么好处呢？我个人是从小就喜欢早起的，可是也说不出有什么特别的好处，只是我个人的习惯而已。我觉得这是一个好习惯，可是并不说有这好习惯的人即是好人，因为这习惯虽好，究竟在做人的道理上还是比较的一桩小事。所以像韩复榘在山东省做主席时强迫省府人员清晨五时集合在大操场里跑步，我并不

敢恭维。

我小时候上学，躺在炕上一睁眼看见窗户上最高的一格有了太阳光，便要急得哭啼，我的母亲匆匆忙忙给我梳了小辫儿打发我去上学。我们的学校就在我们的胡同里。往往出门之后不久又眼泪扑簌的回来，母亲问道："怎么回来了？"我低着头嗫嚅的回答："学校还没有开门哩！"这是五十多年前的事了，我现在想想，还是不知道为什么要那样性急。到如今，凡是开会或宴会之类，我还是很少迟到的。我觉得迟到是很可耻的一件事。但是我的心胸之不够开展，容不得一点事，于此也就可见一斑。

有人晚上不睡，早晨不起。他说这是"焚膏油以继晷"。我想，"焚膏油"则有之，日晷则在被窝里糟塌（蹋）不少。他说夜里万籁俱寂，没有搅扰，最宜工作，这话也许是有道理的。我想晚上早睡两个钟头，早上早起两个钟头，还是一样的，因为早晨也是很宜于工作的。我记得我翻译《阿伯拉与哀绿绮思的情书》的时候，就是趁太阳没出的时候搬竹椅在廊檐下动笔，等到太阳晒满半个院子，人声嘈杂，我便收笔，这样在一个月内译成了那本书，至今回忆起来还是愉快的。我在上海住几年，黎明即起，弄堂里到处是哗喇哗喇的刷马桶的声音，满街的秽水四溢，到处看得见横七竖八的露宿的人——这种苦恼是高枕而眠到日上三竿的人所没有的。有些个城市，居然到九十点钟而街上还没有什么动静，家家户户都门窗紧闭，行经其地如过废墟，我这时候只有暗暗的祝福那些睡得香甜的人，我不知道他们昨夜做了什么事，以至今天这样晚还不能起来。

我如今年事稍长，好早起的习惯更不易抛弃。醒来听见鸟啭，一天都是快活的。走到街上，看见草上的露珠还没有干，砖缝里被蚯蚓盗出一堆一堆的沙土，男的女的担着新鲜肥美的菜蔬走进城来，马路上有戴草帽的老朽的女清道夫，还有无数的青年男女穿着熨平的布衣精神抖擞的携带着“便当”骑着脚踏车去上班——这时候我衷心充满了喜悦！这是一个活的世界，这是一个人的世界，这是生活！

就是学佛的人也讲究“早渗（参）”“晚渗（参）”。要此心常常摄持。曾文正公说作人从早起起，也是着眼在那一转念之间，是否能振作精神，让此心做得主宰。其实早起晚起本身倒没有什么了不得的利弊，如是而已。

晒书记

《世说新语》:“郝隆七月七日，出日中仰卧，人问其故，曰:‘我晒书。’”

我尝想，这位郝先生直挺挺的躺在七月的骄阳之下，晒得浑身滚烫，两眼冒金星，所为何来?他当然不是在作日光浴，书上没有说他脱光了身子。他本不是刘伶那样的裸体主义者。我想他是故作惊人之状，好引起“人问其故”，他好说出他的那一句惊人之语“我晒书”。如果旁人视若无睹，见怪不怪，这位郝先生也只好站起来拍拍衣服上的灰尘而去。郝先生的意思只是要向侪辈夸示他的肚里全是书。书既装在肚里，其实就不必晒。

不过我还是很羡慕郝先生之能把书藏在肚里，至少没有晒书的麻烦。我很爱书，但不一定是爱读书。数十年来，书也收藏了一点，可是并没有能尽量的收藏到肚里去。到如今，腹笥还是很俭。所以读到《世说新语》这一则，便有一点惭愧。

先严在世的时候，每次出门回来必定买回一包包的书籍。他喜欢研究的主要是小学，旁及于金石之学，积年累月，收集渐多。我少时无形中亦感染了这个嗜好，见有合意的书即欲购来而后快。限于资力学力，当然谈不到什么藏书的规模。不过汗牛充栋的情形却是体会到了，搬书要爬梯子，晒一次书要出许多汗，只是出汗的是人，不是牛。每晒一次书，全家老小都累得气咻咻然，真是天翻地覆的一件大事。见有衣鱼蛀蚀，先严必定蹙额太息，

感慨的说："有书不读，叫蠹鱼去吃也罢。"刻了一颗小印，曰"饱蠹楼"，藏书所以饱蠹而已。我心里很难过，家有藏书而用以饱蠹，子女不肖，贻先人羞。

丧乱以来，所有的藏书都弃置在家乡，起先还叮嘱家人要按时晒书，后来音信断绝也就无法顾到了。仓皇南下之日，我只带了一箱书籍，辗转播迁，历尽艰苦。曾穷三年之力搜购杜诗六十余种版本，因体积过大亦留在大陆。从此不敢再作藏书之想。此间炎热，好像蠹鱼繁殖特快，随身带来的一些书籍竟被蛀蚀得体无完肤，情况之烈前所未有。日前放晴，运到阶前展晒，不禁想起从前在家乡晒书，往事历历，如在目前。我正在佝偻着背，一册册的拂拭，有客适适然来，看见阶上阶下五色缤纷的群籍杂陈，再看到书上蛀蚀透背的惨状，对我发出轻微的嘲笑道："读书人竟放任蠹虫猖狂乃尔。"我回答说："书有未曾经我读，还需拿出曝晒，正有愧于郝隆；但是造物小儿对于人的身心之蛀蚀，年复一年，日益加深，使人意气消沉，使人形销骨毁，其惨烈恐有甚于蠹鱼之蛀书本者。人生贵适意，蠹鱼求一饱，两俱相忘，何必戚戚？"客嘿然退。乃收拾残卷，抱入室内。而内心激动，久久不平，想起饱蠹楼前趋庭之日，自惭老大，深愧未学，忧思百结，不得了脱，夜深人静，爰濡笔为之记。

门铃

居住的地方不该砌起围墙。既然砌了墙，不该留一个出入的门口。既然留了门口，不该安上一个门铃。因为门铃带来许多烦恼。

门铃非奢侈品，前后左右的邻居皆有之。而且巧得很，所装门铃大概都是属于一个类型，发出哑哑的沙沙的声音。一声铃响，就要心惊，以为有什么人的高轩莅止，需要仔细的倾耳辨别，究竟是人家的铃响，还是自己的铃响，一方面怕开门太迟慢待佳宾，一方面怕一场误会徒劳往返，然而必须等待第二声甚至第三声铃响，才能确实分辨出来。往往因此而惹得来人不耐烦，面有愠色。于是我把门铃拆去，换装了一个声音与众不同的铃。铃一响，就去开门，真正的是如响斯应。

实际上不能如响斯应。寒舍虽非深宅大院，但是没有应门三尺之童，必须自理门户，由起居之处走到门口也还有一点空间，空间即时间，有时还要脱鞋换鞋，倒屣是不可能的，所以其间要有一点耽搁。新的门铃响声相当宏（洪）亮，不但主人不会充耳不闻，客人自己也听得清清楚楚。很少客人愿意在门外多停留几秒钟，总是希望主人用超音速的步伐前来应门。尤其是送信的人，常常是迫不及待，按起门铃如鸣警报，一声比一声急。有时候沿门求乞的人，也充分的利用这一设备，而且是理直气壮的大模大样的按铃。卖广柑的，修理棕绷竹椅的，打滴滴涕的，推销酱油的，推销牛奶的，传教的洋人及准洋人，都有权利按铃，而且常是在最令人感觉不方便的时候来使劲的按铃。铃声无论怎样悦耳，总是给人以不悦快的预兆时为多。

铃是为人按的，不拘什么人都可以按，主人有应声开门的义务，没有不去开门的权利。开门之后，一个鸠首鹄面的人手里拿着烂糟糟的一本捐册，缘起写得十分凄惨，有“舍弟江南死，家兄塞北亡”的意味，外加还有什么证明文件之类。遇到这种场面，除了敬谨捐献之外，夫复何言？然而这不是最伤脑筋的事，尤有甚于此者。多半是在午睡方酣之际，一声铃响，令人怵然以惊，赶紧披衣起身施施然出，开门四望，阒无一人。只觉阴风扑面，令人打一个冷战。一条夹着尾巴的野狗斜着眼睛瞟我一下匆匆过去，一个不信鬼的人遇见这样情形也要觉得心头栗栗。这种怪事时常发生，久之我才知道这乃是一些小朋友们的户外游戏之一种，“打了就跑”。你在四向张望的时候，他也许是藏在一个墙角正在窃窃冷笑。

有些人大概是有奇怪的收藏癖，喜欢收集各式各样的电铃的盖子，否则为什么门口的电铃上的盖子常常不翼而飞呢？这种盖子是没有什么其他的用场的，不值得窃取，只能像集邮一般的满足一种收藏的癖好。但是这癖好却建筑在别人的烦恼上。没有把你的大门摘走，已是取不伤廉，还怨的是什么？感谢工业的伟大的进步，有一种电铃没有凸出的圆盖了，钉在墙上平糊糊的只露出滑不溜丢的一个小尖头在外面供你按，但不能一把抓。

按照我国固有文明，拉铃和电铃一样有用，而烦恼较少。《江南余载》有这样的一条："陈雍家置大铃，署其旁曰：'无钱雇仆，客至请挽之。'"今之拉铃，即其遗风。这样的拉铃简单朴素，既无虞被人采集而去，亦不至被视为户外游戏的用具。而且，既非电化器材，不怕停电。从前我家里的门铃就是这样的，记得是在我的祖父去世的那年，出殡时狮子"松活"的头下系着的几个大铜铃，扎在一起累累然挂在房檐下，作为门铃用。挽拉哗啷哗啷的乱响，声势浩大。自从改装了电铃，就一直烦恼，直到于今。

这一切烦恼皆是城市生活环境使然。如果是野堂山居，必定门可罗雀，偶然有长者车辙，隔着柴扉即可望见颜色，"门前剥啄定佳客，檐外孱（孱）颜皆好山"，那是什么情景！

谈学者

在上一期的《文星》里看到居浩然先生的一篇文章，他把Scholarship一词译成为“学格”。这一个词是不容易翻译得十分恰当的，因为它涵义不太简单。从字面上讲，这个词分两部分，scholar + ship，其重心还是在前一半，ship表示特征、性质、地位等。韦氏字典所下的定义是：character or qualities of a scholar; attainments in science or literature，formerly in classical literature; learning. 这一定义好像是很简单明了，但是很值得令我们想一想。什么是学者的特征与性质呢？换言之，怎样才能是一个学者呢？居先生提出了三点，第一是诚实，第二是认真，第三是纪律。愿再补充申说一下。

学者以探求真理为目的，故不求急功近利。学者研究一个问题，往往是很小的而且很偏僻的问题，不惜以狮子搏兔的手段，小题大作，有时候像是迂腐可笑，有时候像是玩物丧志。这种研究可能发生很大的影响，或给人以重要的启示，但亦可能不生什么实际的效果。在学者自身看来，凡是探求真理的努力都是有价值的，题目不嫌其小，不嫌其偏，但求其能有所发现，纵然终于不能有所发现，其探讨的过程仍然是有价值的。学者的态度是“无所为而为的”，是不计功利的。一个有志于学的人，我们只消看看他所研究的题目，就可以约略知道他是否有走上学问之途的希望。学者有时为了探求真理，不惜牺牲其生命，不惜与权威抗，不为利诱自然是更不待言的了。

小题大作并不是一件容易事。要小题大作需先尽力发掘前人研究的成果与过程；需先对于此一小题所牵涉到的其他各方面的材料作一广泛的探讨，然后方能正式着手。题小，然后才能精到。可是这精到仍是建在广博的基础之上。题目若是大，则纵然用功甚勤，仍常嫌肤泛，可供通俗阅览，不能作专门参考。高谈义理，固然也是学问，不过若无切实的学识作后盾，便要流于空疏。题小而要大作，才能透彻，才能深入，才能巨细靡遗。所以学问之道是艰辛的。

学者有学者的尊严。他不屑于拾人涕唾，有所引证必注明出处，正文里不便述说则皆加脚注，最低限度引号是少不得的。凡是正式论文，必定脚注很多，这样可显示作者的功力与负责的态度。不注明出处，一方面是掠人之美，一方面是削弱了自己论证的力量。论文后面总是附有参考书目，从这书目也可窥见学者的素养。学者不发表正式论文则已，发表则必定全盘公布他的研究经过，没有一点夹带藏掖。

学者不肯强不知以为知。自己没有把握的材料，不但不可妄加议论，即使引述也往往失当，纰漏一出，识者齿冷。尝见文史作者，引证最新科学资料，或国学大师，引证外国文字，一知半解，引喻失当，自以为旁征博引，头头是道，实则暴露自己之无知与大胆，有失学者风度。

有了学者的态度，穷年累月的锲而不舍，自然有相当的造诣。但学者，永远是虚心的，偶有所得，亦不敢沾沾自喜，更不肯大吹大擂的目空一切，作小家子气。剑拔弩张的，火辣辣的，不是学者的气息，学者是谦冲的，深藏若虚的。

学者风度，中外一理。不过以我们的学校制度以及设备环境而论，我们要继续不断的一批批的培养学者，似乎甚有困难。以文字训练来说，现代文、古文、外国文都极重要，缺一不可，这只是工具的训练，并不是学问本身，而我们的一般青年学子中能有几人粗备语言文字的根柢？现在的大学很少有淘汰作用，一入大学，

便注定可以毕业，敷衍松懈，在学问上无纪律之可言，上课钟点奇多，而每课都是稀松。到外国去留学的学生，一开学便叫苦连天，都说功课分量重，一星期上三门课便忙不过来。以此例彼，便可知我们的教育积弊之所在。我们的学者，绝大部份（分）都是努力自修成功的，很少是学校机构培养出来的。这不是办法。国家不能等待着学者们自生自灭，国家需要有计划的培植青年学者，大量的生产，使之新陈代谢，日益精进。这不是一纸命令的事，也不是添设机构即可奏效，最要紧的莫过于稳定的生活与充足的设备。讲到学者的养成，所有的学术教育机构皆有责任。有人讥笑我们为文化沙漠，我们也大半自承学术气氛不足。须知现代的学者和从前不同，从前的人可以焚膏继晷皓首穷经，那时候的学术领域比较狭窄，现代的人作学问不能抱残守缺，需要图书馆实验室的良好设备来作辅助。我深感我们的高级学府作育人才，实际上是漫无目标，毕业出来的学生从事专门职业，则常嫌准备不足，继续研究作学问，则大部分根柢也很差。这是很可虑的。

谈时间

希腊哲学家 Diogenes[①] 经常睡在一只瓦缸里，有一天亚力山大皇帝走去看他，以皇帝的惯用的口吻问他："你对我有什么请求吗？"这位玩世不恭的哲人翻了翻白眼，答道："我请求你走开一点，不要遮住我的阳光。"

这个家喻户晓的小故事，究竟涵义何在，恐怕见仁见智，各有不同的看法。我们通常总是觉得那位哲人视尊荣犹敝屣，富贵如浮云，虽然皇帝驾到，殊无异于等闲之辈，不但对他无所希

① 即古希腊哲学家第欧根尼（约前404—前203），犬儒学派主要代表之一，主张返归自然。

冀，而且亦不必特别的假以颜色。可是约翰孙博士[①]另有一种看法，他认为应该注意的是那阳光，阳光不是皇帝所能赐予的，所以请求他不要把他所不能赐予的夺了去。这个请求不能算奢，却是用意深刻。因此约翰孙博士由“光阴”悟到“时间”，时间者虽然也是极为宝贵，而也是常常被人劫夺的。

“人生不满百”，大致是不错的。当然，老而不死的人，不是没有，不过期颐以上不是一般人所敢想望的。数十寒暑当中，睡眠占去了很大一部份（分）。苏东坡所谓“睡眠去其半”，稍嫌有点夸张，大约三分之一左右总是有的。童蒙一段时期，说它是天真未凿也好，说它是昏昧无知也好，反正是浑浑噩噩，不知不觉；及至寿登耄耋，老悖聋瞑，甚至“佳丽当前，未能缱绻”，比死人多一口气，也没有多少生趣可言。掐头去尾，人生所余无几。就是这短暂的一生，时间亦不见得能由我们自己支配。约翰孙博士所抱怨的那些不速之客，动辄登门拜访，不管你正在怎样忙碌，他觉得宾至如归，这种情形固然令人啼笑皆非，我觉得究竟不能算是怎样严重的“时间之贼”。他只是在我们的有限的资本上抽取一点捐税而已。我们的时间之大宗的消耗，怕还是要由我们自己负责。

有人说：“时间即生命。”也有人说：“时间即金钱。”二说均是，因为有人根本认为金钱即生命。不过细想一下，有命斯有财，命之不存，财于何有？有钱不要命者，固然实繁有徒，但是舍财不舍命，仍然是较聪明的办法。所以《淮南子》说：“圣人

① 即英国作家、评论家塞缪尔·约翰生（1709—1784）。

不贵尺之璧而重寸之阴，时难得而易失也。”我们幼时，谁没有作过“惜阴说”之类的课艺？可是谁又能趁早体会到时间之“难得而易失”？我小的时候，家里请了一位教师，书房桌上有一座钟，我和我的姊姊常乘教师不注意的时候把时针往前拨快半个钟头，以便提早放学，后来被老师觉察了，他用朱笔在窗户纸上的太阳阴影划一痕记，作为放学的时刻，这才息了逃学的念头。

时光不断的在流转，任谁也不能攀住它停留片刻。“逝者如斯夫，不舍昼夜！”我们每天撕一张日历，日历越来越薄，快要撕完的时候便不免矍然以惊，惊的是又临岁晚，假使我们把几十册日历装为合订本，那便象征我们的全部的生命，我们一页一页的往下扯，该是什么样的滋味呢？“冬天一到，春天还会远吗？”可是你一共能看见几次冬尽春来呢？

不可挽住的就让它去罢！问题在，我们所能掌握的尚未逝去的时间，如何去打发它。梁任公先生最恶闻“消遣”二字，只有活得不耐烦的人才忍心的去“杀时间”。他认为一个人要作的事太多，时间根本不够用，哪里还有时间可供消遣？不过打发时间的方法，亦人各不同，士各有志。乾隆皇帝下江南，看见运河上舟楫往来，熙熙攘攘，顾问左右：“他们都在忙些什么？”和珅侍卫在侧，脱口而出：“无非名利二字。”这答案相当正确，我们不可以人废言。不过三代以下唯恐其不好名，大概“名利”二字当中还是利的成份（分）大些。“人为财死，鸟为食亡。”时间即金钱之说仍属不诬。诗人渥资华斯[①]有句：

① 亨利·沃兹华斯·朗费罗（1807—1882），美国诗人。

尘世耗用我们的时间太多了，夙兴夜寐，
赚钱挥霍，把我们的精力都浪费掉了。

所以有人宁可遁迹山林，享受那清风明月，“侣鱼虾而友麋鹿”，过那高蹈隐逸的生活。诗人济慈宁愿长时间的守着一株花，看那花苞徐徐展瓣，以为那是人间至乐。嵇康在大树底下扬槌打铁，“浊酒一杯，弹琴一曲”；刘伶“止则操卮执觚，动则挈榼提壶”，一生中无思无虑其乐陶陶。这又是一种颇不寻常的方式。最彻底的超然的例子是《传灯录》所记载的：“南泉和尚问陆亘曰：‘大夫十二时中作么生？’陆云：‘寸丝不挂！’”寸丝不挂即是了无挂碍之谓。“原来无一物，何处染尘埃？”这境界高超极了，可以说是“以天地为一朝，万期为须臾”，根本不发生什么时间问题。

人，诚如波斯诗人峨谟伽耶姆所说，来不知从何处来，去不知向何处去，来时并非本愿，去时亦未征得同意，胡里胡涂的在世间逗留一段时间。在此期间内，我们是以心为形役呢，还是立德、立功、立言以求不朽呢？还是参究生死直超三界呢？这大主意需要自己拿。

学问与趣味

前辈的学者常以学问的趣味启迪后生，因为他们自己实在是得到了学问的趣味，故不惜现身说法，诱导后学，使他们在愉快的心情之下走进学问的大门。例如，梁任公先生就说过：“我是个主张趣味主义的人，倘若用化学化分‘梁启超’这件东西，把里头所含一种原素名叫‘趣味’的抽出来，只怕所剩下的仅有个零了。”任公先生注重趣味，学问甚是渊博，而并不存有任何外在的动机，只是“无所为而为”，故能有他那样的成就。一个人在学问上果能感觉到趣味，有时真会像是着了魔一般，真能废寝忘食，真能不知老之将至，苦苦钻研，锲而不舍，在学问上焉能不有收获？不过我尝想，以任公先生而论，他后期的著述如历史研究法、先秦政治思想史，以及有关墨子、佛学、陶渊明的作品，都可说是他的一点“趣味”在驱使着他，可是他在年青的时候，从师受业，诵读典籍，那时节也全然是趣味么？作八股文，作试帖诗，莫非也是趣味么？我想未必。大概趣味云云，是指年长之后自动作学问之时而言，在年青时候为学问打根柢之际恐怕不能过分重视趣味。学问没有根柢，趣味也很难滋生。任公先生的学问之所以那样的博大精深，涉笔成趣，左右逢源，不能不说一大部份（分）分得力于他的学问根柢之打得坚固。

我尝见许多年青的朋友，聪明用功，成绩优异，而语文程度不足以达意，甚至写一封信亦难得通顺，问其故则曰其兴趣不在语文方面。又有一些位，执笔为文，斐然可诵，而视数理科目如仇雠，勉强才能及格，问其故则亦曰其兴趣不在数理方面，而且他们觉得某些科目没有趣味，便撇在一边视如敝屣，怡然自得，振振有词，略无愧色，好像这就是发扬趣味主义。殊不知天下没有没有趣味的学问，端视吾人如何发掘其趣味，如果在良师指导之下按部就班的循序而进，一步一步的发现新天地，当然乐在其中，如果浅尝辄止，甚至躐等躁进，当然味同嚼蜡，

自讨没趣。一个有中上天资的人，对于普通的基本的文理科目，都同样的有学习的能力，绝不会本能的长于此而拙于彼。只有懒惰与任性，才能使一个人自甘暴弃的在“趣味”的掩护之下败退。

由小学到中学，所修习的无非是一些普通的基本知识。就是大学四年，所授课业也还是相当粗浅的学识。世人常称大学为“最高学府”，这名称易滋误解，好像过此以上即无学问可言。大学的研究所才是初步研究学问的所在，在这里作学问也只能算是粗涉藩篱，注重的是研究学问的方法与实习。学无止境，一生的时间都嫌太短，所以古人皓首穷经，头发白了还是在继续研究，不过在这样的研究中确是有浓厚的趣味。

在初学的阶段，由小学至大学，我们与其倡言趣味，不如偏重纪律。一个合理编列的课程表，犹如一个营养均衡的食谱，里面各个项目都是有益而必需的，不可偏废，不可再有选择。所谓选修科目也只是在某一项目范围内略有拣选余地而已。一个受过良好教育的人，犹如一个科班出身的戏剧演员，在坐科的时候他是要服从严格纪律的，唱工、作工、武把子都要认真学习，各种脚色的戏都要完全谙通，学成之后才能各按其趣味而单独发展其所长。学问要有根柢，根柢要打得平正坚实，以后永远受用。初学阶段的科目之最重要的莫过于语文与数学。语文是阅读达意的工具，国文不通便很难表达自己，外国文不通便很难吸取外来的新知。数学是思想条理之最好的训练。其他科目也各有各的用处，其重要性很难强分轩轾，例如体育，从另一方面看也是重要得无以复加。总之，我们在求学时代，应该暂且把趣味放在一边，耐着性子接受教育的纪律，把自己锻炼成为坚实的材料。学问的趣味，留在将来慢慢享受一点也不迟。

谈礼

礼不是一件可怕的东西，不会“吃人”。礼只是人的行为的规范。人人如果都自由行动，社会上的秩序必定要大乱，法律是维持秩序的一套方法，但是关于法律的力量不及的地方，为了使人能更像是一个人，使人的生活更像是人的生活，礼便应运而生。礼是一套法则，可能有官方制定的成分在内，亦可能有世代沿袭的成分在内，在基本精神上还是约定俗成的性质，行之既久，便成为大家公认共守的一套规则。一套礼法也不是一成不变的，事实上是随时在变，不过可能变得很慢，可能赶不上时代环境之变迁得那样快，因此至少在形式上可能有一部份（分）变成不合时宜的东西。礼，除非是太不合理，总是比没有礼好。这道理有一点像“坏政府胜于无政府”。有些人以为礼是陈腐的有害的东西，这看法是不对的。

我们中国是礼义之邦，一向是重礼法的。见于书本的古代的祭礼、丧礼、婚礼、士相见礼等等，那是一套，事实上社会上流行的又是一套，现行的一套即是古礼之逐渐的各（个）别的修正，虽然各地情形不同，大体上尚有规模存在，等到中西文化接触之后便比较有紊乱的现象了。紊乱尽管紊乱，礼还是有的，制礼定乐之事也许不是当前急务，事实上吾人之生活中未曾一日无礼的活动。问题是我们是否认真的、严肃的遵循着礼。孔门哲学以“克己复礼”为做人的大道理，意即为吾人行事应处处约束自己使合于礼的规范。怎样才是非礼勿视，非礼勿言，非礼勿动，那是值得我们随时思考警惕的。

读书人应该知道礼，但是有些人偏不讲礼，即所谓名士。六朝时这种名士最多，《世说新语》载阮籍的一句话最有趣：“礼岂为我辈设也？”好像礼是专为俗人而设。又载这样的一段故事：

> 阮步兵丧母，裴令公往吊之。阮方醉，散发坐床，箕踞不哭。裴至，下席于地，哭，吊唁毕便去。或问裴：“凡吊，主人哭，客乃为礼，阮既不哭，君何为哭？”裴曰：“阮方外之人，故不崇礼制，我辈俗中人，故以仪轨自居。”时人叹为两得其中。

没有阮籍之才的人，还是以仪轨自居为宜。像阮步兵之流，我们可以欣赏，不可以模仿。

中西礼节不同。大部份（分）在基本原则上并无二致，小部份（分）因各有传统亦不必强同。以中国人而用西方的礼，有时候觉得颇不合适，如必欲行西方之礼则应知其全部底蕴，不可徒效其皮毛，而乱加使用。例如，握手乃西方之礼，但后生小子在长辈面前不可首先遽然伸手，因为长幼尊卑之序终不可废，中西一理。再例如，祭祖先是我们家庭传统所不可或缺的礼，其间绝无迷信或偶像崇拜之可言，只是表示“慎终追远”的意思，亦合于我国所谓之孝道，虽然是西礼之所无，然义不可废。我个人觉得，凡是我国之传统，无论其具有何种意义，苟非荒谬残酷，均应不轻予废置。再例如，电话礼貌，在西方甚为重视，访客之礼，探病之礼，均有不成文之法则，吾人亦均应妥为仿行，不可忽视。

礼是形式，但形式背后有重大的意义。

放风筝

偶见街上小儿放风筝，拖着一根棉线满街跑，嬉戏为欢，状乃至乐。那所谓风筝，不过是竹篾架上糊一点纸，一尺见方，顶多底下缀着一些纸穗，其结果往往是绕挂在街旁的电线上。

常因此想起我小时候在北平放风筝的情形。我对放风筝有特殊的癖好，从孩提时起直到三四十岁，遇有机会从没有放弃过这一有趣的游戏。在北平，放风筝有一定的季节，大约总是在新年过后开春的时候为宜。这时节，风劲而稳。严冬时风很大，过于凶猛，春季过后则风又嫌微弱了。开春的时候，蔚蓝的天，风不断的吹，最好放风筝。

北平的风筝最考究。这是因为北平的有闲阶级的人多，如八旗子弟，凡属耳目声色之娱的事物都特别发展。我家住在东城，东四南大街，在内务部街与史家胡同之间有一个二郎庙，庙旁边有一爿风筝铺，铺主姓于，人称“风筝于”。他做的风筝在城里颇有小名。我家离他近，买风筝特别方便。他做的风筝，种类繁多，如肥沙雁、瘦沙雁、龙井鱼、蝴蝶、蜻蜓、鲇鱼、灯笼、白菜、蜈蚣、美人儿、八卦、虾蟆以及其他形形色色。鱼的眼睛是活动的，放起来滴溜溜的转，尾巴拖得很长，临风波动。蝴蝶蜻蜓的翅膀也有软的，波动起来也很好看。风筝的架子是竹制的，上面绷起高丽纸面，讲究的要用绢绸，绘制很是精致，彩色缤纷。风筝于的出品，最精采是“提线”拴得角度准确，放起来不“折筋斗”，平平稳稳。风筝小者三尺，大者一丈以上，通常在家里玩玩由三尺到七尺就很够了。新年厂甸开放，风筝摊贩也很多，品质也还可以。

放风筝的线，小风筝用棉线即可，三尺以上就要用棉线数绺捻成的“小线”，小线也有粗细之分，视需要而定。考究的要用“老弦”：取其坚牢，而且分量较轻，放起来可以扭成直线，不似小线之动辄出一圆兜。线通常绕在竹制的可旋转的“线桄子”上。讲究的是硬木制的线桄子，旋转起来特别灵活迅速。用食指打一下，桄子即转十几转，自然的把线绕上去了。

有人放风筝，尤其是较大的风筝，常到城根或其他空旷的地方去，因为那里风大，一抖就起来了。尤其是那一种特制的巨型风筝，名为“拍子”，长方形的，方方正正没有一点花样，最大的没有超过九尺。北平的住宅都有个院子，放风筝时先测定风向，要有人带起一根大竹竿，竿顶置有铁叉头或铜叉头（即挂画所用的那种叉子)，把风筝挑起，高高举起到房檐之上，等着风一来，一抖，风筝就飞上天去，竹竿就可以撤了，有时候风不够大，举竹竿的人还要爬上房去踞坐在房脊上面。有时候，费了不少手脚，而风姨不至，只好废然作罢。不过这种扫兴的机会并不太多。

风筝和飞机一样，在起飞的时候和着陆的时候最易失事。电线和树都是最碍事的，须善为躲避。风筝一上天，就没有事，有时候进入罡风境界，直不需用手牵着，大可以把线拴在屋柱上面，自已进屋休息，甚至拴一夜，明天再去收回。春寒料峭，在院子里久了会冻得涕泗交流，线弦有时也会把手指勒得青疼，甚至出血，是需要到屋里去休息取暖的。

风筝之“筝”字，原是一种乐器，似瑟而十三弦。所以顾名思义，风筝也是要有声响的，《询刍录》云：“五代李邺于宫中作纸鸢，引线乘风为戏，后于鸢首，以竹为笛，使风入竹，声如筝鸣。”这记载是对的。不过我们在北平所放的风筝，倒不是“以竹为笛”，带响的风筝有两种，一种是带锣鼓的，一种是带弦弓的，二者兼备的当然也不是没有。所谓锣鼓，即是利用风车的原理捶打纸制的小鼓，清脆可听。弦弓的声音比较更为悦耳。有高骈风筝诗为证：

夜静弦声响碧空，
宫商信任往来风。
依稀似曲才堪听，
又被风吹别调中。

我以为风筝是一件颇有情趣的事。人生在世上，局促在一个小圈圈里，大概没有不想偶然远走高飞一下的。出门旅行，游山逛水，是一个办法，然亦不可常得。放风筝时，手牵着一根线，看风筝冉冉上升，然后停在高空，这时节彷佛自己也跟着风筝飞起了，俯瞰尘寰，怡然自得。我想这也许是自己想飞而不可得，一种变相的自我满足罢。春天的午后，看着天空飘着别人家放起的风筝，虽然也觉得很好玩，究不若自己手里牵着线的较为亲切，那风筝就好像是载着自己的一片心情上了天。真是的，在把风筝收回来的时候，心里泛起一种异样的感觉，好像是游罢归来，虽然不是扫兴，至少也是尽兴之后的那种疲惫状态，懒洋洋的，无话可说，从天上又回到了人间，从天上翱翔又回到匍匐地上。

放风筝还可以“送幡”（俗呼为“送饭儿”）。用铁丝圈套在风筝线上，圈上附一长纸条，在放线的时候铁丝圈和长纸条便被风吹着慢慢的滑上天去，纸幡在天空飞荡，直到抵达风筝脚下为止。在夜间还可以把一盏一盏的小红灯笼送上去，黑暗中不见风筝，只见红灯朵朵在天上游来游去。

放风筝有时也需要一点点技巧。最重要的是在放线松弛之间要控制得宜。风太劲，风筝陡然向高处跃起，左右摇晃，把线拉得绷紧，这时节一不小心风筝便会倒栽下去。栽下去不要慌，赶快把线一松，它立刻又会浮起，有时候风筝已落到视线所不能及的地方，依然可以把它挽救起来，凡事不宜操之过急，放松一步，往往可以化险为夷，放风筝亦一例也。技术差的人，看见风筝要栽筋斗，便急忙往回收，适足以加强其危险性，以至于不可收拾。风筝落在树梢上也不要紧，这时节也要把线放松，乘风势轻轻一扯便会升起，性急的人用力拉，便愈纠缠不清，直到把风筝扯碎为止。在风力弱的时候，风筝自然要下降，线成兜形，便要频频扯抖，尽量放线，然后再及时收回，一松一紧，风筝可以维持于不坠。

好斗是人的一种本能。放风筝时也可表现出战斗精神。发现邻近有风筝飘起，如果位置方向适宜，便可向斗争。法子是设法把自己的风筝放在对方的线兜之下，然后猛然收线，风筝陡的直线上升，势必至对方的线兜交缠在一起，两只风筝都摇摇欲坠，双方都急于向回扯线，这时候就要看谁的线粗，谁的手快，谁的地势优了。优胜的一方面可以扯回自己的风筝，外加一只俘虏，可能还有一段的线。我在一季之中，时常可以俘获四五只风筝，把俘获的风筝放起，心里特别高兴，好像是在炫耀自己的胜利品，可是有时候战斗失利，自己的风筝被俘，过一两天看着自己的风筝在天空飘荡，那便又是一种滋味了。这种斗争并无伤于睦邻之道，这是一种游戏，不发生侵犯领空的问题。并且风筝也只好玩一季，没有人肯玩隔年的风筝。迷信说隔年的风筝不吉利，这也许是卖风筝的人造的谣言。

生日

生日年年有，而且人人有，所以不希罕。

谁也自己不会知道自己的生日是在哪一天。呱呱堕地之时，谁有闲情逸致去看日历？当时大概只是觉得空气凉，肚子饿，谁还管什么生辰八字？自己的生年月日，都是后来听人说的。

其实生日，一生中只能有一次，因为生命只有一条之故。一条命只能生一回死一回。过三百六十五天只能算是活了一周岁。这年头，活一周岁当然不是容易事，尤其是已经活了好几十周岁之后，自己的把握越来越小，感觉到地心吸力越来越大，不知哪一天就要结束他的地面上的生活，所以要庆祝一下也是人情之常。古有上寿之礼，无庆生日之礼。因为生日本身无可庆。西人祝贺之词曰："愿君多过几个快乐的生日。"亦无非是祝寿之意，寿在哪一天祝都是一样。

我们生到世上，全非自愿。佛书以生为十二因缘之一，"从现世善恶之业，后世还于六道四生中受生，是名为生"。胡里胡涂的，神差鬼使的，我们被捉弄到这尘世中来。来的时候，不曾征求我们的同意，将来走的时候，亦不会征求我们的同意。我们是从哪里来的，我们不知道，我们最后到哪里去，我们也不知道。我们所知道的就是这生、老、病、死的一个断片。然而这世界上究竟有的是良辰美景赏心乐事，否则为甚么有人老是活不够，甚至要高呼"人生七十才开始"？

到了生日值得欢乐的只有一种人，那就是"万乘之主"。不需要颐指气使，自然有人来山呼万岁，自然有百官上表，自然有人来说什么"一人有庆，兆民赖之"，全不问那个"庆"字是怎么讲法。唐太宗谓长孙无忌曰："某月日是朕生日，世俗皆为欢乐，在朕翻为感伤。"作了皇帝还懂得感伤，实在是很难得，具见人性未泯，不愧为明主，虽然我们不太清楚他感伤的是哪一宗。是否踌躇满志之时，顿生今昔之感？在历史上最后一个辉煌的千秋节该是满清慈禧太后六十大庆在颐和园的那一番铺张，可怜"薄海欢腾"之中听到鼙鼓之声动地来了！

田舍翁过生日，唯一的节目是吃，真是实行"鸡猪鱼蒜，逢箸则吃，生老病死，时至则行"的主张，什么都是假的，惟独吃在肚里是便宜。读莲池大师戒杀文，开篇就说："一曰生日不宜杀生。哀哀父母，生我劬劳，己身始诞之辰，乃父母垂亡之日也！是日也，正宜戒杀持斋，广行善事，庶使先亡考妣，早获超升，见在椿萱，增延福寿，何得顿忘母难，杀害生灵，上贻累于亲，下不利于己？”虽是蔼然仁者之言，但是不合时尚。祝贺生日的人很少吃下一块覆满蜡油的蛋糕而感到满意的，必须七荤八素的塞满肚皮然后才算礼成。过生日而想到父母，现代人很少有这样的联想力。

新年献词

王安石有一首咏《元日》的诗：

爆竹声中一岁除，春风送暖入屠苏。
千门万户曈曈日，总把新桃换旧符。

从表面上看，这首诗是描写新年景象。但是细一想，这首诗也可能含有一点象征的意味。因为王安石是一位有抱负、有魄力的政治家，同时也是一位文采非凡的作者，似乎不会浪费笔墨泛写一个极平凡的风俗习惯。他可能是幻想着他的新政，希望大家除旧布新刷新政治，像“新桃换旧符”一般的彻底革新。如果这揣想不错，这首诗就很有意味了。

王安石的功过得失，且不必论，他的励精图治、锐意革新的精神总是可佩服的。一般人的通病是因循苟且，惰性难除，过新年的时候懂得“新桃换旧符”，对于国家大事就只知道“率由旧章”，奉行故事，几张熟悉的面孔像走马灯似的出出进进。于是主张“用新人，行新政”的王安石就作了《元日》诗寄予感慨了。

其实，需要革新的不只是国家的政事，个人之进德修业也需要时时检讨改进。西洋人有所谓“新年决心”者，于元旦之时痛下决心，何者宜行，何者宜戒，罗列编排，笔之于书。很可能这些决心只是一时的热气，到头来全成具文，旧习未除，依然故我。但是只这一心向上，即属难能可贵，比起我们在梁柱上贴“对我生财”或斗方“福”字的红纸以及庸俗鄙陋的春联，要有意义多了。一个人反身修德，应该天天行之不懈，无须特别等到元旦试笔。不过一年之计在于春，这倒也不失为一个适当的机缘。修身比任何事情都重要，《大学》说：“自天子以至于庶人，壹是皆以修身为本。”没有人是例外。

别的民族一年当中只有一个新年，我们一年中有两个。对于劳苦的大众，这并无伤大雅，“岁时伏猎”，本来就嫌休憩太少，可叹的是那些高高在上的“肉食者”，那些四体不勤、五谷不分寄生在社会上的人，他们岂只是有两个新年，他们天天在过新年！对于这样的人，新年是多余的点缀。

岁首吉日，应该善颂善祷，如果颂祷真有灵验，我愿随大家之后拱手拜年说尽一切吉利的话。

春
春

割胆记

“胆结石？没关系，小毛病，把胆割去就好啦！赶快到医院去。下午就开刀，三天就没事啦！”——这是我的一位好心的朋友听说我患胆结石之后对我所说的一番安慰兼带鼓励的话。假如这结石是生在别人的身上，我可以完全同意他的看法，可惜这结石是生在我的这只不争气的胆里，而我对于自己身上的任何零件都不肯轻易割爱。

一九六二年五月二十二日，我清晨照例外出散步，回来又帮着我的太太提了二十几桶水灌园浇花，也许劳累了些，随后就胃痛起来。这一痛，不似往常的普通胃痛，真正的是如剜如绞，在床上痛得翻筋斗，竖蜻蜓，呼天抢地，死去活来。医生来，说是胆结石症（Cholelithiasis），打过针后镇定了一会儿，随后又折腾起来。熬过了一夜，第二天我就进了医院——中心诊所。

除了胃痛之外，我还微微发热，这是胆囊炎（Cholecystitis）的征象。在这情形之下，如不急剧恶化，宜先由内科治疗等到体温正常，健康复原之后再择吉开刀。X光照相显示，我的胆特别大，而且形状也特别，位置也异常。我的胆比平常人的大两三倍。通常是梨形，上小底大，我只是在越王勾践“卧薪尝胆图”上看见过。我的胆则形如扁桃。胆的位置是在腹部右上端，而我的胆位置较高，高三根肋骨的样子。我这扁桃形的胆囊，左边一半堆满了石头，右边一半也堆满了石头，数目无法计算。作外科手术，最要紧的是要确知患部的位置，而那位置最好是能相当暴露在容易动手处理的地方。我的胆的部位不太好。别人横斜着挨一刀，我可能要竖着再加上一刀，才能摘取下来。

感谢内科医师们，我的治疗进行非常顺利，使紧急开刀成为不必需。七天后我出院了。医师嘱咐我，在体力恢复到最佳状态时，向外科报到。这是一个很令人为难的处境。如果在病发的那一天，立刻就予以宰割，没有话说，如今要我把身体养得好好的再去从容就义，那很不是滋味。这种外科手术叫做“间期手术”（interval operation），是比较最安全可靠的。但是对病人来讲，在精神上很紧张。

关心我的朋友们也开始紧张了。主张开刀派与主张不开刀派都言之成理，但是我没有法子能同时听从两面的主张。“去开刀罢，一劳永逸，若是不开也不一定就出乱子。可是有引起黄胆病的可能，也可能导致肝癌，而且开刀也很安全，有百分之九十几的把握。如果迁延到年纪再大些，开刀就不容易了……”——这一套话很有道理。“要慎重些的好，能不开还是不开，年纪大的人要特别慎重，医师的话要听但亦不可全听，专家的知识可贵，常识亦不可忽视……”这一套话也很中听。

这时节报纸上刊出西德新发明专治各种结石特效药的广告，不用开刀，吃下药去即可将结石融化，或使大者变小，小者排出体外。这种药实在太理想了！可是一细想这样神奇的药应该经由临床实验，应该由医学机构证明推荐，何必花费巨资在报纸上大登广告？良好的医师都不登广告，良好的药品似乎也无需大吹大擂。我不但未敢尝试，也未敢向医师提起这样的神药。

中医有所谓偏方，据说往往有奇效。四年前我发现有糖尿症，我明知道这病症是终身的，无法根治，但是好心的朋友们坚持要我喝玉蜀黍须煮的水，我喝了一百天，结果是病未好，不过也没有坏。这次我患胆石，从三个不同的来源来了三个偏方，核对之下内容完全一样，有一个特别注明为“叶天士秘方”。叶天士大名鼎鼎，无人不知，这秘方满天飞，算不得怎样秘了。处方如下：

白术二钱　白芍二钱　白扁豆二钱炒
黄蓍二钱炙　伏苓二钱　甘草二钱
生姜五片　红枣二枚

就是不懂歧（岐）黄之术的人也可以看得出来这不是一服霸道的药。吃几服没有关系，有益无损，只怕叶天士未必肯承认是他的方子而已。

又有朋友老远的寄给我一包药草，说是山胞在高山采摘的专治结石的特效药，他的母亲为了随时行善特地在庭园栽植了满满的一畦。像是菊花叶似的，味苦。神农尝百草，不知他尝过这草没有。不过据说多少人都服了见效，一块块的石头都消灭于无形，病霍然愈。

各种偏方，无论中西，都能给怕开刀的人以精神上的安慰，有时也能给病人以灵验的感觉。因为胆石这种病，即使不服任何药物，有时也会渐渐平伏下去，不过什么时候再来一次猛烈的袭击就不得而知。可能这一生永不再发，也可能一年半载之后又大发特发，甚至一发而不可收拾。所以拖延不是办法。或是冒险而开刀，或是不开刀而冒险，二者必取其一。我自内科治疗之后，体力复原很慢，一个月后体温始恢复正常，然后迁延复迁延，同时又等候着秋凉，而长夏又好像没有尽止似的燠热，秋凉偏是不来。这样的我熬过了五个月，身体上没有什么苦痛，精神上可受了折磨。胆里含着一包石头，就和肚里怀着鬼胎差不多，使得人心里七上八下的不得安宁。好容易挨到十月底，凉风起天末，中心诊所的张先林主任也从美国回来了，我于二十二日入院接受手术。

二十二日那一天，天高气爽，我携带一个包袱，由我的太太陪着，准时于上午八点到达医院报到，好像是犯人自行投案一般。没有敢惊动朋友们，因为开刀的事无论如何也不能算是喜事，而且刀尚未开，谁也不敢说一定会演变成为丧事，既不在红白喜事之列，自然也不必声张。可是事后好多朋友都怪我事前没有通知。五个月前的旧地重游，好多的面孔都是熟识的。我的心情是很坦然的，来者不怕，怕者不来，既来之则安之。我担心的是我的太太，我怕她受不住这一份紧张。

我对开刀是有过颇不寻常的经验的。二十年前我在四川北碚割盲肠，紧急开刀，临时把外科主任请来，他在发疟疾，满头大汗。那时候除了口服的Sulfanilamide[①]之外还没有别的抗生素。手术室里蚊蝇乱舞，两位护士不住挥动拍子防止蚊蝇在伤口下蛋。手术室里一灯如豆，而且手术正在进行中突然停电，幸亏在窗外伫立参观手术的一位朋友手里有一只二呎长的大型手电筒，借来使用了一阵。在这情形之下完成了手术，七天拆线，紧跟着发高热，白血球激增，呈昏迷现象，于是医师会诊，外科说是感染了内科病症，内科说是外科手术上出了毛病，结果是二度开刀打开看看以释群疑。一看之下，谁也没说什么，不再缝口，塞进一卷纱布，天天洗脓，足足仰卧了一个多月，半年后人才复原，所以提起开刀，我知道是怎样的滋味。

但是我忽略了一个事实。二十年来，医学进步甚为可观，而且此时此地的人才与设备，也迥异往昔。事实证明，对于开刀前前后后之种种顾虑，全是多余的。二十二日这一天，忙着作各项检验，忙得没有功夫去胡思乱想。晚上服一颗安眠药，倒头便睡。翌日黎明，又服下一粒Morphine Atropine[②]，不大功夫就觉得有一点飘飘然，忽忽然，软爬爬的，懒洋洋的，好像是近于“不思善，不思恶”那样的境界，心里不起一点杂念，但是并不是湛然寂静，是迷离恍惚的感觉。就在这心理状态下，于七点三十分被抬进手

---

① 磺胺。

② 吗啡阿托品。

术室。想像中的手术前之紧张恐怖，根本来不及发生。

剖腹，痛事也。手术室中剖腹，则不知痛为何物。这当然有赖于麻醉剂。局部麻醉，半身麻醉，全身麻醉，我都尝受过，虽然谈不上痛苦，但是也很不简单。我记得把醚(ether)扣在鼻子上，一滴一滴的往上加，弄得腮帮嘴角都湿漉漉的，嘴里“一、二、三……”应声数着，我一直数到三十几才就范，事后发现手腕扣紧皮带处都因挣扎反抗而呈淤血状态。我这一回接受麻醉，情形完全不同。躺在冰凉帮（梆）硬的手术台上，第一件事是把氧气管通到鼻子上，一阵清凉的新鲜空气喷射了出来，就好像是飞机乘客座位旁边的通气设备一样。把氧气和麻醉剂同时使用是麻醉术一大进步，病人感觉至少有舒适之感。其次是打葡萄糖水，然后静脉注射一针，很快的就全身麻醉了，妙在不感觉麻醉药的刺激，很自然很轻松的不知不觉的丧失了知觉，比睡觉还更舒服。以后便是撬开牙关，把一根管子插入肺管，麻醉剂由这管子直接注入到肺里去，在麻醉师控制之下可以知道确实注入了多少麻醉剂，参看病人心脏的反应而予以适当的调整。这其间有一项危险，不牢固的牙齿可能脱落而咽了下去；我就有两颗动摇的牙齿，多亏麻醉师王大夫（学仕）为我悉心处理，使我的牙齿一点也没受到影响。

手术是由张先林先生亲自实行的，由俞瑞璋、苑王玺两位大夫协助。张先生的学识经验，那还用说？去年我的一位朋友患肾结石，也是张先生动的手术，他告诉我张先生的手不仅是快，而且巧。肉窟窿里面没有多少空间让手指周旋，但是他的几个手指在里面运用自如，单手就可以打个结子。我在八时正式开刀，十时抬回了病房。在我，这就如同睡了一觉，大梦初醒，根本不知过了好久，亦不知发生了什么事。猛然间听得耳边有人喊我，我醒了，只觉得腰腹之间麻木凝滞，好像是帮（梆）硬的一根大木橛子横插在身体里面，可是不痛。照例麻醉过后往往不由自主的口吐真言。我第一句话据说是："石头在哪里？石头在哪里？"由鼻孔里插进去抽取胃液的橡皮管子，像是一根通心粉，足足的抽了三十九小时才撤去，不是很好受的。

我的胆是已经割下来了，我的太太过去检视，粉红的颜色，皮厚有如猪肚，一层层的剖开，里面像石榴似的含着一大堆湿粘乌黑的石头。后来用水漂洗，露出淡赭色，上面有红蓝色斑点，石质并不太坚，一按就碎，大者如黄豆，小者如芝麻，大小共计一百三十三颗，装在玻璃瓶里供人参观。石块不算大，数目也不算顶多，多的可达数百块，而且颜色普通，没有鲜艳的色泽，也不清莹透彻，比起以戒定慧熏修而得的佛舍利，当然相差甚远。胆不是一个必备的器官，它的职务只是贮藏胆液并且使胆液浓缩，浓缩到八至十倍。里面既已充满石头，它的用处也就不大，割去也罢。高级动物大概都有胆，不过也有没有胆的，所以割去也无所谓。割去之后，立刻感觉到腹腔里不再东痛西痛。

朋友们来看我，我就把玻璃瓶送给他看。他们的反应不尽相同，有的说："啊哟，这么多石头，你看，早就该开刀，等了好几个月，多受了多少罪！"有的说："啊哟，这么多石头，当然非开刀不可，吃药是化不了的！"有的说："啊哟，这么多石头，可以留着种水仙花！"有的说："啊哟，这么多石头，外科医师真是了不起！"随后便是我或繁或简的叙述割胆的经过，垂问殷勤则多说几句，否则少说几句。

第二天早晨护士小姐催我起来走路。才坐起来便觉得头晕目眩，心悸气喘，勉强下床，两个人搀扶着绕走了一周。但是第三天不需扶持了，第四天可以绕室数回，第五天可以外出如厕了。手术之后立即进行运动的办法，据说是由于我们中国伤兵在第二次世界大战中所表现的惊人的成效而确立的。我们的伤兵于手术之后不肯在床上僵卧，常常自由活动，结果恢复得特别快，这给了医术人员一个启示。不知这说法有无根据？

我在第九天早晨，大摇大摆的提着包袱走出医院，回家静养。一出医院大门，只见一片阳光，照耀得你睁不开眼，不禁暗暗叫道："好漂亮的新鲜世界！"

了生死

信佛的人往往要出家。出家所为何来？据说是为了一大事因缘，那就是要“了生死”。在家修行，其终极目的也是为了要“了生死”。生死是一件事，有生即有死，有死方有生，“了”即是“了断”之意。生死流转，循环不已，是为轮回，人在轮回之中，纵不堕入恶趣，生、老、病、死四苦煎熬亦无乐趣可言。所以信佛的人要了生死，超出轮回，证无生法忍。出家不过是一个手段，习静也不过是一个手段。

但是生死果然能够了断么？我常想，生不知所从来，死不知何处去，生非甘心，死非情愿，所谓人生只是生死之间短短的一橛。这种看法正是佛家所说“分段苦”。我们所能实际了解的也正是这样。波斯诗人峨谟伽耶姆的四行诗恰好说出了我们的感觉：

Into this universe, and why not knowing,
Nor whence, like water willy-nilly flowing;
And out of it, as wind along the waste,
I know not whither willy-nilly blowing.
不知为什么，亦不知来自何方，
就来到这世界，像水之不自主的流；
而且离了这世界，不知向哪里去，
像风在原野，不自主的吹。

"我来如流水，去如风"，这是诗人对人生的体会。所谓生死，不了断亦自然了断，我们是无能为力的。我们来到这世界，并未经我们同意，我们离开这世界，也将不经我们同意。我们是被动的。

人死了之后是不是万事皆空呢？死了之后是不是还有生活呢？死了之后是不是还有轮回呢？我只能说不知道。使哈姆雷特踌躇不决的也正是这一种怀疑。按照佛家的学说，"断灭相"决非正知解。一切的宗教都强调死后的生活，佛教则特别强调轮回。我看世间一切有情，是有一个新陈代谢的法则，是有遗传嬗递的迹象，人恐怕也不是例外，长江后浪推前浪，一代新人代旧人，如是而已。又看佛书记载轮回的故事，大抵荒诞不经，可供谈助，兼资劝世，是否真有其事殆不可考。如果轮回之说尚难证实，则所谓了生死之说也只是可望不可即的一个理想了。

我承认佛家了生死之说是一宗高理想。为了希望达到这个理想，佛教徒制定许多戒律，所谓根本五戒、沙弥十戒、比丘二百五十戒，这还都是所谓“事戒”，菩萨十重四十八轻戒之“性戒”尚不在内。这些戒律都是要我们在此生此世来身体力行的。能彻底实行戒律的人方有希望达到“外息诸缘，内心无喘”的境界。只有切实的克制情欲，方能逐渐的做到“情枯智讫”的功夫。所有的宗教无不强调克己的修养，斩断情根，裂破俗网，然后才能湛然寂静，明心见性。就是佛教所斥为外道的种种苦行，也无非是戒的意思，不过作得过分了些。中古基督教也有许多不近人情的苦修方法。凡是宗教都是要人收敛内心截除欲念。就是伦理的哲学家，也无不倡导多多少少的克己的苦行。折磨肉体，以解

放心灵，这道理是可以理解的。但是以爱根为生死之源，而且自无始以来因积业而生死流转，非斩断爱根无以了生死，这一番道理便比较的难以实证了。此生此世持戒，此生此世受福，死后如何，来世如何，便渺茫难言了。我对于在家修行的和出家修行的人们有无上的敬意。由于他们的参禅看教，福慧双修，我不怀疑他们有在此生此世证无生法忍的可能，但是离开此生此世之后是否即能往生净土，我很怀疑。这净土，像其他的被人描写过的天堂一样，未必存在。如果它是存在，只是存在于我们的心里。

西方斯多亚派哲学家所谓个人的灵魂于死后重复融合到宇宙的灵魂里去，其种种信念也无非是要人于临死之际不生恐惧，那说法虽然简陋，却是不落言筌。蒙田说："学习哲学即是学习如何去死。"如果了生死即是了解生死之谜，从而获致大智大勇，心地光明，无所恐惧，我相信那是可以办到的。所以在我的心目中，宗教家乃是最富理想而又最重实践的哲学家。至于了断生死之说，则我自惭劣钝，目前只能存疑。

胖[1]

罗马的凯撒[2]大帝，看见那面如削瓜的卡西乌斯，偷偷摸摸的，神头鬼脸的，逡巡而去，便太息说："我愿在我面前盘旋的都是些胖子，头发梳得光光的，到夜晚睡得着觉的人，那个卡西乌斯有削瘦而恶狠的样子；他心眼儿太多了：这种人是危险的。"这是文学上有名的对于胖子的歌颂。和胖子在一起，好像是安全，软和和的，碰一下也不要紧；和瘦子在一起便有不同的感觉，看

① 本文及随后的《国文与国语》均选自台湾大林出版社1982年出版的《实秋杂文》。

② 今译"恺撒"。

那瘦骨嶙峋的样子，好像是磕碰不得，如果碰上去，硬碰硬，彼此都不好受。凯撒大帝的性命与事业，到头来败于卡西乌斯之手，这几句话倒好像是有先见之明。

胖子大部分脾气好，这其间并无因果关系。胖子之所以胖，一定是吃得饱睡得着之故。胖子一定好吃，不好吃如何能“催肥”？胖子从来没有在床上展转反侧的，纵然意欲胡思乱想也没有时间，头一着枕便鼾声大作了。所谓“心广体胖”，应该说，心广则万事不挂心头，则吃得饱，则睡得着，则体胖，同时脾气好。

胖子也有心眼窄的。我就认识一位胖子，很胖的胖子，人皆以“胖子”呼之，他虽不正式承认，但有时一呼即应，显然是默认的。“胖子”的称呼并不是侮辱的性质，多少带有一点亲热欢喜微加一点调侃的意味。我们对盲者不好称之为瞎子，对跛者不好称之为“瘸子”，对瘦者亦不好称之为“排骨”，唯独对胖子则不妨直截了当的称之为胖子，普通的胖子均不以为忤。有一天我和我的很胖的胖子朋友说：“你的照片有商业价值，可以作广告用。”他说：“给什么东西作广告呢？”我说：“婴儿自己药片。”他怫然色变，从此很少理我。

年事渐长的人，工作日繁，而运动愈少，于是身体上便开始囤积脂肪，而腹部自然的要渐渐呈锅形。腰带上的针孔便要嫌其不敷用。终日鼓腹而游，才一走动便气咻咻。然对于这样的人我渐渐的抱有同情了。一个人随身永远携带着一二十斤板油，负担当然不小，天热时要融化，天冷时怕凝冻，实在很苦。若遇到饥荒的年头，当然是瘦子先饿死，胖子身上的脂肪可以发挥驼峰的作用慢慢的消受，不过正常的人也未必就有这种饥荒心理。

胖瘦与妍媸有关，尤其是女人们一到中年便要发福，最需要加以调理，或用饿饭法，尽量少吃，或用压缩法，用钢条橡皮制成的腰箍，加以坚韧的绳子细细的绷捆，彷彿做素火腿的方法，硬把浮膘压紧。有人满地打滚，翻筋斗，竖蜻蜓，虾米弯腰，鲤鱼打挺，企求减削一点体重。男人们比较放肆一些，传统的看法还以为胖不是毛病。《世说新语》记载的王羲之坦腹东床的故事，虽未说明王逸少的腹围尺码，我想凡是值得一坦的肚子大概不会太小，总不会是稀松干瘪的。

听说南部有报纸副刊记载我买皮带系腰的故事，颇劳一些友人以此见询。在台湾买皮带确是相当困难。我在原有皮带长度不敷应用的时候想再买一根颇不易得，不知道是否由于这地方太阳晒得太凶，体内水分挥发太快的缘故，本地的胖子似乎比较少见。我尚不够跻于胖子之林，但因为我向不会作诗，“饭颗山头遇杜甫”的情形是绝不会有的，而且周伯仁“清虚日来滓秽日去”的功夫也还没有作到，所以竟为一根皮带而感到困惑，倒是确有其事。不过情势尚不能算为恶劣。像孚尔斯塔夫那样，自从青春以后就没有看见过自己的脚趾，一跌倒就需要起重机，我一向是引为鉴戒的。

国文与国语

国文与国语是两件东西。会说国语的人，可能还是文盲。文字是书写阅读的，语言是口说耳听的。

但是国文与国语的关系仍然是很密切的。先有语言，后有文字，这是一般的通例。语言是随时在变的，所以文字一定也跟着变。如果文字固定不变，只能书写阅读，不能口说耳听，则是死文字，如希腊文、拉丁文等是。

我们中国的文字，是活文字，不是死文字，至少不像希腊文、拉丁文那样的死。可是，由于几千年来教育未能普及，识字的人太少，而少数的知识分子又格于形势，偏于保守，动起笔来不是效法周秦，便是模拟汉唐，以至于所谓国文与国语脱节，只能供少数人的使用赏玩。儿童学语，不消一年半载，便能牙牙上口。若是要文字精通，便非积年累月痛下苦功不可。传统的国文和日常的语言，其间的距离太远了一点。其距离至少是和“古英文”或“中古英文”与现代英语之距离一样的远。这是很不幸的，而且也是不必要的。“言文一致”原是一个理想，事实上是不可能的，我还不知道世界上有哪一个国家在任何时代能言文一致。言与文虽然不能一致，不过也不可距离太远。距离太远，则为大多数人想，甚不方便。会说本国语而还要花费好多年的时光去学习本国文，实在是冤枉。所以白话文运动是确乎合于时宜的。

“白话文”者，乃是接近白话之文。白话文仍然是文，并非白话，并非是把口说的白话逐字逐句的写在纸上之谓。如谓嘴里说的话，笔录下来，即能成文，恐天下无此便宜事。“出口成章”，那是要传为美谈的。白话文既仍然是文，当然还是要具备“文”的条件，章法、句法、声调、词藻等等仍然是要考究的。所以白话文仍然是要学的，不过学起来要比学唐宋古文便利得多。

不要以为话是人人会说的。有许多人硬是不会说话。有人说话啰嗦，不中肯綮，有人说话颠三倒四，语无伦次，有人说话滥用名词，有人说话辞不达意。说话而能清楚明白简洁了当，并非是易事。“言为心声”，头脑清楚，然后才能说话清楚，思想周到，然后才能说话周到。会说话，然后就比较容易会写白话文了。所以白话文运动，一方面要把文从传统的古文的藩篱里解放出来，一方面也要努力把一般人的说话方式尽量的予以训练，使之较接近于文。（我并不鄙视俗俚的语言，有时这样的语言还很能传神，经过选择后亦可被吸收成为文字中的用语，不过文究竟是文。）

白话文运动不是偶然的。清末，八股废，学校兴，浅近的文言一时成为风尚。我还记得，我小时候读的国文教科书，是“一人，二手。开门，见山。大山，小石。水落，石出。……”，这和“人之初，性本善……”已经大大不同了。到五四运动以后，也许是受了一点外国的影响，这才有“小猫叫，小狗跳……”“来，来，来上学”之类的课文。小学生学国文，宜先从学说话起。说话的训练实在即是思想的训练。

古文还是要读的。其中的章法、句法、词藻都是很有价值的。不过要在白话文通了之后再读为宜。这是一个程序的问题。对于专门研究中国文学的人，古书古文读得越多越好，因为这是他的专门的学问；对于一般的人，当适可而止，匀出功夫来做别的事情。白话文通了之后再读古文，可以增加许多行文的技巧，使白话文变得简洁些，使白话文更像文。试看许多白话文的作家，写出文章如行云流水，清楚明白，或委婉多姿，或干脆利落，其得力处不在白话，而在于文。胡适之先生常自谦的说，他的文章像是才解放的小脚，受过过多的束缚，一时无法回复自然。这完全

是他的谦虚。有几个人能写出像他那样清莹透底的文章？依我看，小学及初中完全读白话文，高中完全读古文，应该是最妥当的办法。小学注意语言，初中注重文字，循序前进。

讲到国文教学，在教材教法方面，均应随时研究改良。最要紧的是，要认清国文教学的目的是什么。我以为其目的是在训练学生使用本国的语言文字以求有效的表达思想。如果这个目的不错，那么在国语国文课程之内，应采取纯粹与这目的有关的材料做教材。有人常把“国学”与“国文”联在一起。我不轻视“国学”，虽然我不大清楚“国学”是什么。如果“国学”即是中国的文学、历史、哲学的话，那么“国学”一词实无存在之必要，应分列为“中国文学”“中国历史”“中国哲学”。国文当然也要有内容，本国文史的古典作品正不妨做（作）为国文的资料，这话当然也有道理，不过如果我们不忘记国文的目的，则这些古典作品似应加以改写，使之简化，然后再编为国文资料。例如：在英美，荷马的故事、中古的传奇，对于每一高等学校的学生都耳熟能详，但并非是由于直接的读过那些古典原作，读的乃是经过重写改编的古典作品。我们的国文教学，也应该认清目标，慎选教材。我们中国古代的文化，确实值得我们珍视，确实值得令每一国民都有相当的认识，但是方法尽有的是，似不可令“国学”占去国文的一部分的地位。以高中及大一而言，与其选读深奥的古典作品，不如选读与现代生活有关的资料。有一个时期，国语与常识合编，我觉得那方向是对的，后来不知怎么又改变了。

教学方法，对于低年级的教学最宜讲究。这一套方法应求其现代化、科学化。英美学校之教英文，亦即他们的国文，在方法上我想一定有足资我们借鉴的地方。这有待于开明的专家们去努力研究。

聋[1]

我写过一篇《聋》。近日聋且益甚。英语形容一个聋子，“聋得像是一根木头柱子”，“像是一条蛇”，“像是一扇门”，“像是一只甲虫”，“像是一只白猫”。我尚未聋得像一根木头柱子或一扇门那样。蛇是聋的，我听说过，弄蛇者吹起笛子就能引蛇出洞，使之昂首而舞，不是蛇能听，是它能感到音波的震动。甲虫是否也聋，我不大清楚。我知道白猫是绝对不聋的。我们家的白猫王子，岂但不聋，主人回家时房门钥匙转动作响，它就会竖起耳朵蹿到门前来迎。我喊它一声，它若非故意装聋，便

① 选自台湾九歌出版社1985年出版的《雅舍散文》。

立刻回答我一声，我虽然听不见它的答声，我看得见它因作答而肚皮微微起伏。猫不聋，猫若是聋，它怎能捉老鼠，它叫春做啥?

我虽然没有全聋，可是也聋得可以。我对于铃声特别的难于听得入耳。普通的闹钟，响起来如蚊鸣，焉能唤醒梦中人。菁清给我的一只闹钟，铃声特大，足可以振聋发聩。我把它放在枕边。说也奇怪，自从有了这个闹钟，我还不曾被它闹醒过一次。因为我心里记挂着它，总是在铃响半小时之前先已醒来，急忙把闹钟关掉。我的心里有一具闹钟。里外两具闹钟，所以我一向放心大胆睡觉，不虞失时。

门铃就不同了。我家门铃不是普通一按就嗞嗞响的那种，也不是像八音盒似的那样叮叮当当的奏乐，而是一按就啾啾啾啾如鸟鸣。自从我家的那只画眉鸟死了之后，我久矣夫不闻爽朗的鸟鸣。如今门铃啾啾叫，我根本听不见。客人猛按铃，无人应，往往废然去。如果来客是事前约好的，我就老早在近门处恭候，打开大门，还有一层纱门，隔着纱门看到人影幢幢，便去开门迎客。“老聃之弟子，有亢仓子者，得聃之道，能以耳视而目听。”(《列子·仲尼》)耳视我办不到，目听则庶几近之。客人按铃，我听不见铃响，但是我看见有人按铃了。

电话对我又是一个难题。电话铃没有特大号的，而且打电话来的朋友大半都性急，铃响三五声没人应，他就挂断，好像人人都该随时守着电话机听他说话似的。凡是电话来，未必有好消息，也未必有什么对我有利之事。但是朋友往还，何必曰利?有人在不愿接电话的时间内，拔掉插头，铃就根本不会响。我狠不下这分[1]心。无可奈何，我装上几个分机，书桌上、枕边、饭桌旁、客厅里。尽管如此，有时还是听不到铃响，俟听到时对方不耐烦而挂断了。

有一位好心的读者写信来说："先生不必为聋而烦恼，现在有一种新的办法，门铃或电话机上都可以装置一盏红色电灯泡，铃响同时灯亮。"我十分感谢这位读者对我的关怀。这也是以目代耳的办法，我准备采纳。不过较根本解决的办法，是大家体恤我的耳聋，不妨常演王徽之雪夜访戴的故事，而我亦绝不介意门可罗雀的景况之出现。需要一通情愫的时候，假纸笔代喉舌，写个三行五行的短笺，岂不甚妙？我最向往六朝人的短札，寥寥数语，意味无穷。

朋友们时常安慰我说："耳聋焉知非福？首先，这年头儿噪音太多，轰隆轰隆的飞机响，呼啸而过的汽车机车声，吹吹打打的丧车行列，噼噼啪啪的鞭炮，街头巷尾装扩音器大吼的小贩，舍前舍后成群结队的儿童锐声尖叫……这些噪音不听也罢，落得耳根清净。"话是不错，不过我尚无这么大的福分，尚未到泰山崩于前而不动声色的地步，种种噪音还是多多少少使我心烦。饶是我聋，我还向往古人帽子上簪笄两端悬着两块充耳琇莹，多少可以挡住一点噪音。

"'人嘴两张皮'，最好蜚短流长，造谣生事，某某畸恋，某某婚变，某某逃亡，某某犯案，凡是报纸上的社会新闻都会说得如数家珍。这样长舌的人到处都有，令人听了心烦，你听不见也

---

① 旧同"份"。

就罢了，你没有多少损失。至少有人骂你，挖苦你，讽刺你，你充耳不闻，当然也就不会计较，也就不会耿耿于怀，省却许多烦恼。”别人议论我，我是听不见，可是我知道他在议论我，因为他斜着眼睛睨视我的那副神气不能使我没有感觉。而且我知道他所议论的话，大概是谑而不虐、无伤大雅的，因为他议论风生的时候嘴角常是挂着一丝微笑，不可能含有多少恶意。何况这年头儿，难得有人肯当面骂人，凡是恶言恶语多半是躲在你背后说。所以，聋固然听不见人骂，不聋，也听不见。

有人劝我学习唇读法，看人的嘴唇怎样动就可以知道他说的是什么话。假如学会了唇读，我想也有麻烦，恐怕需要整天的睁一眼闭一眼，否则凡是嘴唇动的人你都会以目代耳，岂不烦死人？耳根刚得清净，眼根又不得安宁了。“吉人之辞寡，躁人之辞多。”难得遇到吉人，不如索性安于聋聩。

安于聋聩亦非易易。因为大家习惯了把我当做一个耳聪的人，并且不习惯于和一个聋子相处。看人嘴唇动，我可不敢唯唯否否，因为何时宜唯唯，何时宜否否，其间大有讲究。我曾经一律以点头称是来应付，结果闹出很尴尬的场面。我发现最好的应付方法是面部无表情，作白痴状。瞎子常戴黑眼镜，走路时以手杖探地，人人知道他是瞎子，都会躲着他。聋子没有标帜（志），两只耳朵好好的，不像是什么零件出了毛病的人。还有热心人士会附在我耳边窃窃私语，其实吱吱喳喳的耳语我更听不见，只觉得一口口的唾沫星子喷在我的脸上，而且只好听其自干。

勤[①]

勤，劳也。无论劳心劳力，竭尽所能，黾勉从事，就叫做勤。各行各业，凡是勤奋不怠者，必定有所成就，出人头地。即使是出家的和尚，息迹岩穴，徜徉于山水之间，勘破红尘，与世无争，他们也自有一番精进的功夫要做，于读经礼拜之外，还要勤行善法，不自放逸。且举两个实例：

一个是唐朝开元间的百丈怀海禅师，亲近马祖时得传心印，精勤不休。他制定了“百丈清规”，他自己笃实奉行，“一日不作，一日不食”。一面修行，一面劳作。“出坡”的时候，他躬先领导以

① 选自台湾文经出版社1989年出版的《梁实秋文选》。

为表率。他到了暮年，仍然照常操作，弟子们于心不忍，偷偷地把他的农作工具藏匿起来。禅师找不到工具，那一天没有工作，但是那一天他也就真个的没有吃东西。他的刻苦的精神感动了不少的人。

另一个是清初以山水画著名的石谿和尚。请看他自题《溪山无尽图》：

> 大凡天地生人，宜清勤自持，不可懒惰。若当得个懒字，便是懒汉，终无用处。……残衲住牛首山房，朝夕焚诵，稍余一刻，必登山选胜，一有所得，随笔作山水数幅或字一段，总之不放闲过。所谓静生动，动必作出一番事业。端教一个人立于天地间无愧。若忽忽不知，懒而不觉，何异草木？

人而不勤，无异草木，这句话沉痛极了。过饱食终日、无所用心的生活，英文叫做 vegetate，义为过植物的生活。中外的想法不谋而合。

勤的反面是懒。早晨躺在床上睡懒觉，起得床来仍是懒洋洋的不事整洁，能拖到明天做的事今天不做，能推给别人做的事自己不做，不懂的事情不想懂，不会做的事不想学，无意把事情做得更好，无意把成果扩展得更多，耽好逸乐，四体不勤，念念不忘的是如何过周末、如何度假期。这是一个标准懒汉的写照。

恶劳好逸，人之常情。就因为这是人之常情，人才需要鞭策自己。勤能补拙，勤能损欲，这还是消极的说法。勤的积极意义是要人进德修业，不但不同于草木，也有异于禽兽，成为名副其实的万物之灵。

杂感三则[①]

模范男子

Henry Arthr Jones[②] 在一篇短剧 *The Goal* 里有这样的一段：

> 你别误会我，亲爱的。我的年纪够做你的祖父。（温和的握着她的手）你别误会我。（严重的）留神你如何的选

① 本文及随后的三篇散文均选自台湾九歌出版社1997年出版的《雅舍小品补遗》。

② 即英国戏剧家亨利·阿瑟·琼斯（1851—1929）。

择你的终身伴侣。你选择的范围是广大的，你将来的终身幸福，或下几代的幸福，完全在你向那一二十求婚男子中之一说一声“我愿意”的时候而决定。留神，亲爱的！留神！要上上下下的仔细打量他几遍！要看准了他是有圆大的眼睛而且敢对着你的面注视的；要看准他的白眼珠是纯洁无疵。要留心他的头部形状不古怪，额际不低。要圆圆的头，高高的额，听见没有！和你握手的时候，注意他怎样的握！要握得强而稳，不是冷而平。年轻人不该有干冷的手。别说愿意嫁的话，除非你看到了他不穿长裤的时候，穿骑服或穿朝服的时候。看看他腿的形状——是不是好看，美观的腿，喂，斐奇，要留神那是不是他的真腿。看他是结实的，微瘦而不臃肿；不斜眼珠；不结巴；没有任何局促不安的痉挛或各种的怪现象。别嫁给一个秃头人！有人说我们十代后全要秃头。那么等十代，斐奇，还是别嫁一个秃头人！你记得住这些吗？亲爱的。看他走路的样子！是不是有一双富弹性的脚，脚上有伸缩——能走四五里路而不动声色分毫。他冬天或春天若是咳嗽，就别要他。青年永远不该有咳嗽的病。还要考察确实他能痛笑——不是忍笑，喘笑，或嘎嘎的笑，而是从胸间深处发出来的沉痛着实的大笑。他若有一点钱，或是很多，那更好！好了！你若选这样的一个人，斐奇，我并不预言你一定幸福，但是你若不幸福，那不是你的错，不是他的错，也不是我的错了！

这一节话固有些浪漫，甚至于是伤感，但却相当的表现了西方人一般的对于“模范男子”的概念。这一节话所刻画的模范男子，注重的是体格健壮、意志坚强、秉性聪明这几点。这就和中国人心目中的理想男子大有不同。我们中国人的模范男子，在体格方面以“白白的胖胖的”为主，在性情方面以“斯文”“风流”为主。大约我们做人的道理，总以异性的要求为标准。女性要嫁给什么样的男人，我们便努力的去做什么样的男人。中国女子因为数千年来不受正当的教育，因为缠足，以至身心交病，成为病态的动物；男人便也跟着成为病态的动物。所以要把男人变好，是先要把女人的心理改变一下才成的。

第六伦

君臣，父子，夫妇，兄弟，朋友——这是五伦。有人说第一伦该废了。我看废不废倒无大关系。我看应该添出一伦来才好。第六伦：主仆。

主仆一伦，关系甚大。有一位朋友曾说：“一个良好家庭的构成，需要具备五种条件：一是胡涂的老爷，二是精明的太太，三是干净的孩子，四是和气的听差，五是整天到晚的热水。”听差列入五条件之一，是不错的。不过听差的美德不限于和气一端，并且听差不过是两造之一，主人也要有做人的道理，所以我说主仆有成为一伦的必要。在从前，仆就是奴才，一个人做了奴才之后便要消失了许多做人的权利；既失权利，自然也就不负做人的义务。厨子赚菜钱，老妈偷肥皂，良有以也。现在呢，穷人比从前更穷，于是渐渐不安于穷，富人较前更容易变富，多少奴才一变而成为主人，于是主仆间的鸿沟渐渐不能稳定，厨子老妈于是赚钱偷东西之外还隐隐然不安本分而想享做人的权利。奴才的反抗自然是合理而值得同情的。奴才是该恢复他的人格的。但是在享做人的权利时，便该负做人的义务。厨子老妈一面赚钱偷东西一面要争人格，那是矛盾的。在主子一方面呢，若是自己靠了赚钱偷东西维持自己的地位，而还要嫌奴才赚钱偷东西，恨奴才造反，那自然也是不恕。主人役使奴才，要他做牛做马，而又不供足草料，弄得一个个营养不足，面黄肌瘦，而还要听差的和气，那是不可能的。世界无论平等到什么地步，主仆这个阶级大概总是存在的。主仆这一伦，恐怕要日趋繁复。这一伦如何的规定一下，要请道德哲学家来讨论一下才好。

悲观

悲观不是消极。所以自杀的人不是悲观，悲观主义者反对自杀。

悲观是从坏的一方面来观察一切事物，从坏的一方面着眼的意思。悲观主义者无时不料想事物的恶化，惟其如此，所以他最积极的生活，换言之，最不为虚幻的希望所误引入歧途，最努力的设法来对付这丑恶的现实。

叔本华说，幸福即是痛苦的避免。所谓痛苦是实在的，而幸福则是根本不存在的。痛苦不存在时之状态，无以名之，名之曰幸福。是故人生之目标，不在幸福之追求，而在痛苦之避免。人生即是一串痛苦所构成。能避免一分的苦痛，即是一分的幸福。

故悲观主义者待人接物，步步为营，不求有功，但求无过。这是悲观主义的真谛。

从坏处着想，大概可以十猜十中，百猜百中；从好处着想，往往一次一失望，十次十失望。所以乐观者天真可爱，而禁不住现实的接触，一接触就水泡一般的破灭。悲观者似乎未免自苦，而在现实中却能安身立命。所以自杀者是乐观的人，幸福者倒是悲观的人。

乙酉秋日雨窗漫作遣興
六符見而賞之以為有明人简筆風致
少梅陳雲彰

谈谜

“谜”字不见经传，始见于六朝，即“迷”之俗字，亦即古之“隐语”。“谜”这个东西，当然发生很早，远在“谜”这个字出现之前。然而亦不会太早，因为这究竟是一种文字游戏，一定是文明有相当发展时才能生出来的。“谜”最兴盛的时候，即是八股文最兴盛的时候，因为谜与八股都是文字游戏，并且习八股者熟读四书五经，除蓄意要“代圣人立言”之外，间有机智之士，截取经文，创制为谜，颠之倒之，工益求工，遂多巧妙之作。谜之取材，大半出于四书五经，正因四书五经为制谜者与猜谜者所共同熟诵之书，并且以“圣贤之书”供游戏之用，格外显得滑稽。所以，谜在八股文盛行的时候发达起来，成为艺苑支流，文人余事。古谜率皆平浅朴拙，“黄绢幼妇”之类已经算是难得的佳话了，因古人无此闲情逸致，纵有闲情逸致，亦另有出路，不必在四书五经之内寻章摘句探赜钩深；唯有八股文人，才愿在文字上镂心雕肝的卖弄聪明。所以我每次欣赏一个佳谜，总觉得谜的背后隐着一个面黄肌瘦强作笑容的八股书生。我想，科举已废，猜谜一道将要式微了罢？

以上是说文人之谜。民间也有谜。乡间男女，目不识丁，而瓜棚豆架，没有不懂猜谜之乐的。他们的谜，固然浅陋可嗤，然而在粗率的人看来，已经是很费心机的了。民间的谜，还谈不到文字游戏，只是最简单的思想上的游戏。一般小孩子都欢喜猜谜，小学教科书以及儿童读物里也有采用谜的。大概猜谜的游戏除了供文人消遣之外还可以给一般的没有多少知识的人（乡民与孩提）以很大的愉乐罢？民间的谜与儿童的谜往往采用韵语的形式，也正因为韵语乃平民与儿童所最乐于接受的缘故。

在英国文学史里，谜也有它的地位，但是一个不重要的地位。在八世纪初，有一位诗人名奇尼乌尔夫（Cynewulf），据说他作过九十五首谜诗，保存在那著名的古英文学宝库之一的“Exeter Book”里面。这些谜之所以成为古英文学的一部分，是因为，古英文学根本不很丰富，所以用现代眼光看来没有什么文学价值的东西，在古英文学的堆里便显著有相当精彩了。这些谜，若是近代人作的，恐怕没有人肯加以一顾。只因为它古，所以我们觉得它难得可贵。我现在试译一首于下，以见一斑。

蠹虫

虫子吃字！

我觉得是件怪事，

一只虫子能吞人的言语，

黑暗中偷去有力的辞句，

强者的思想；而这鬼东西

吃了文字却也不见得就更伶俐！

这已经是比较有趣的一首了。我们却不能不认为是很浅陋。（对于这个题目感觉兴趣的人，请看 A. T. Wyaff 编 *Old English Riddies*，Boston，1912）古英文的时代过去了以后，谜就不再能在文学史里占一席之地了。谜不见得是没有人做，至少文学家是不干这套把戏了。英国的文学家不是不作文字游戏，他们也常常在文字上弄出一些小巧的玩艺，例如，巢塞的 ABC 诗，以及十七世纪诗人创制的什么“塔形诗”“柱形诗”之类，都是。然而这不是谜。文学家不再感觉谜有什么趣味，所以不再做谜，即使做谜，文学史家也绝不在文学史里给谜留任何位置。

在外国的民间，谜是流行的。十几年来盛行的 Cross Word Puzzle 也即是谜。外国儿童读物里也有许多的谜。谜能给一般民众与儿童以愉快，无间中外，是完全一样的。

不过撇开民间流行的谜和儿童读物里的谜不谈，单说谜与文人的关系，我们不能不承认，中外的情形相差很远。外国的谜，（例如我上面所译的一个）虽然是文人做的，在性质上也和民间的儿童的谜没有多大分别，都是属于“状物”一类，其谜面是一段形容，其谜底是一件事物。中国的文人的谜，则真正的是文字游戏，谜面是一句文字，谜底还是一句文字。因此，中国文人的谜，比外国的深奥、曲折、工巧。

从一方面看，中国文人之风雅是外人所不及的，虽是游戏也在文字范围之内，不似外国文人以驰马摇船等等粗野的事为消遣。但从另一方面看，我们却感觉到中国旧式文人的生活之干枯单调，使得他们以剩余的精力消耗在文字游戏上面。中国文人最善于“舞文弄墨”，最善做钩心斗角文章，做八股文做策论是他们的职业，做谜猜谜也是他们的余兴，一贯的是在文字上翻花样。后天获得的习性是否遗传，我们不敢说，不过在文字上翻花样的习惯，确像是已变成为中国文人的天性了。

文学中类似谜的“譬喻法”“双关语”“象征主义”之类，都不是本文所欲谈的，故不及。

推销术

一位朋友在美国旅行，坐在火车上昏昏欲睡，蓦然觉得肘边一触，发现在椅子上扶手的地方有一张小纸，纸上有十几颗油炸花生，鲜红的，油汪汪的，洒着盐粒的，油炸花生。这是哪里来的呢？他回头一看，有一位身材高大的人端着一盘油炸花生刚刚走过去，他手里拿着一把银匙，他给每人面前放下一张纸，然后挖一勺花生。我的朋友是刚刚入境，尚未问俗，觉得好生奇怪，不知这个人是做什么的。是卖花生的么？我既没有要买，他也并未要钱。只见他把花生定量配发以后，就匆匆的到另外一个车厢里去了。花生是富于诱惑性的，人在无聊的时候谁忍得住不捏一颗花生往口里送？既送进一颗之后，把馋虫逗起来了，谁忍得住不再拿第二颗？什么东西都好抵抗，唯独诱惑最难抵抗。车上的客人都在蠕动着嘴巴嚼花生了。我的朋友也随着大家吃起来了。十几颗花生是禁不住几嚼的。霎时间，花生吃完了。可是肚子里不答应，嘴里也闹得慌，比当初不吃还难受。正在这难熬的当儿，那个大高个儿又来了，这一回他是提着一个大篮子，里面是一袋一袋的炸花生，两角钱一袋。旅客几乎没有不买一两袋的。吃过十几颗而不再买的也有，那大个子也只对他微微一笑，走过去了，原来起先配发的十几颗是样品，不取值。好精明的推销术！

我的朋友说，还有比这更霸道的。在家里住得好好的，忽然邮差送来一个小小的包裹，打开一看是肥皂公司寄来的两块肥皂，附着一封信，挺客气，恭维你一大顿，说只有你才配用这样超等的肥皂，这种肥皂如果和脸一接触，那感觉就比和任何别种东西接触都来得更为浑身通泰，临完是祝你一家子康健。我的朋友愣住了，问太太，问小姐，谁也没有要买他的肥皂。已经寄来了，就搁着罢。过了很久，也没有下文，不知是在哪一天也就拉扯着用了。也说不上好坏，反正可以起白沫子下油泥就是了。可是两块肥皂刚用完，信来了，问你要订购多少块，每块五角。我的朋友置之不理。过些天第三封信来了，这一回措词还很客气，可是骨子里有点硬了，他问你为什么缘故不订购他的肥皂，是为了价钱贵么，是为了香气不够么，是为了硬度不合么，是为了颜色不美么……列举了一串理由，要你在那小方格里打个记号。活像是民意测验。我的朋友火了，把测验纸放进应该放进的地方去，骂了一句美国式的国骂。又过了不久，第四封信来了，措词还是很谦逊，算是偿付那两块肥皂的价钱，便彼此两清了。人的耐性是有限度的，谁的耐性小谁算是输了。我的朋友赌气寄一元钱去，其怪遂绝。

据说某一医生也同样的收到这样的肥皂两块，也接到了四封啰嗦的信，他的应付的方法是寄一小包药片给他，也恭维他一大顿，说只有您阁下才配吃这样的妙药，也问他要订购多少瓶，也问他为什么不满意，最后也是索价一元，但是毋庸寄钱了，彼此抵消，两清。

这样的情形，在我们国内不易发生。谁舍得把一勺勺花生或一块块肥皂白白的当样品送出去？既送出之后，谁能再收回成本？我们是最现实的，得到一点点便宜之后，绝不会再吐出来的。

可是我们也有我们传统的推销术。我们自古以来就讲究“良贾深藏若虚”。这是以退为进、以柔克刚的老法宝。我有一票货，无须大吹大擂，不必雇一队洋吹鼓手游街，亦无须都倒翻出来摆在玻璃窗里开展览会，更不花冤钱登广告，我干脆不推销，死等着顾客自己上门。买卖做得硬气，门口标明“只此一家，并无分店”，连分店都不肯设。多么倔！但是货出了名，自然有人上门，有人几百里跑来买东西。不推销反成为最好的推销术。

这样不推销的推销术，在北平最合适。北平有些店铺，主顾上门，不但不急着兜揽生意，而且于客气之中还寓有生疏之意。例如书店。进得店门，四壁图书虽然塞得满满的，但尽是些普通书籍，你若问他有什么好书，他说没有什么，你说随便看看，他说请看请看。结果是你什么好书也看不见。但是你若去过几次，做成几回生意，情形就不同了，他会请你到里柜坐，再过些时请到后柜坐，升堂入室之后，箱子里的好书善本陆陆续续的都拿出来了。宋版的，元椠的，琳琅满目，还小声的嘱咐你，不要对外人说。于生意之外，还套着交情。

水果店也有类似的情形。你别看外面红红绿绿的摆着一大堆，有好的也有坏的，顶好的一路却在后面筐里藏着呢！你若不开口要看后面藏着的货色，他绝不给你看。后面筐里，盖着一张张绵纸，揭开一看，全是没有渣儿的上等货。

这种“深藏若虚”的推销术有它的存在的理由。货物并非大量生产，所以无需急于到处推销。如果宋版书一刷就是几万份，也得放在地摊上一折八扣。如果莱阳梨、肥城桃大批运到北平，也不能一声不响的藏在后柜。而且社会相当稳定，买东西的人是固定的那么些个人，今年上门，明年一定还来，几十年下来不会有什么大的变动。所以，小自酸梅汤，酱羊肉，茯苓饼，灌肠，薄脆，豆腐脑，都有一定的标准店铺，口碑相传，决无错误。如今时代不同了，人口在流动，家族在崩析，到处都像是个码头，今年不知明年事，所以商店的推销术也起了急剧的变化。就是在北平，你看，杂货店开张也要有两位小姐剪彩，油盐店也要装置大号的收音机，饭馆也要装霓虹招牌，满街上奇形怪状的广告，不是欢迎参观，就是敬请比较，不是货涌如山，就是拼命削价，唯恐主顾不上门——只欠门口再站两个彪形大汉，见人就往里拉！

北平的垃圾

“无风三尺土，有雨一街泥”，这是北平的传统的形容词。北平的天气干燥，风大，路修得不好，所以灰尘太大。有时候，从蒙古沙漠那边吹过来的大风，卷起了北方戈壁的细沙，向南筛洒，能把半个天都涂成讣闻纸的颜色。所以凡是到北平来观光的，样样满意，只是对于那落在脖梗子上的，洒在头发上的，钻到耳朵眼儿里、牙缝儿里的，以及经常罩在桌面上的灰尘，实在不能赏识。这是无可奈何的事，甘瓜苦蒂，天下物无全美。沙漠要搬家，可有什么法子治呢？这不独北平为然，凡是在黄河流域旅行过的都应该知道北方在五行中关于“土”是得天独厚的。

不要说屈心的话，长住在北平的人也并不喜欢灰土。即以区区而论，在灰土里已经扑腾了快五十年，如果迎面刮起一阵黑风，好像是一大把胡椒粉兜头撒来，我是要急忙的堵起鼻嘴，丝毫没有如鱼得水之乐。可是我又不能不承认，北平人好像是对于灰土的耐性特别的强韧一些。除了天空中长年弥漫着的灰土不计外，北平人还在囤积大批的垃圾。“沙滩”是号称所谓文化区的，其实那地方的特征是除了一座大学之外还有一座大垃圾堆在矗立着。靠近各处城根，都有垃圾堆，堆得挺高，几乎高与城齐，堆的上面都开辟出了道路，可以行车走人！各胡同里的垃圾很少堆在墙角路边，那太不雅观，并且不卫生，为政府所不许，于是有更聪明的处理办法，索兴（性）平铺在路面上，路面本来不平，不平处正好用垃圾填补，而且永远填补不平，总是有坑洼的地方，所以垃圾可以无限制的往上铺放。老百姓不敢大量的把垃圾倾在路面，官家的人才这样做，负责清除垃圾的人穿着制服摇着铃铛公然在路面上铺垃圾。北平胡同的路面现在距离天空越来越近了。这作风与“刮地皮”正相反。区区的寓处并不在偏僻的地方，门口本来有四层石阶，现在只剩两层了。有人统计过（怎样统计的我却不知道），北平积存的垃圾合拢起来有四个景山那么大的体积，若是完全清除，至少需要五年！我想，我们的国运若是兴隆，而固有道德又不隳坠的话，北平的垃圾与日俱增，也许用不了多久的时间北平会要变成一块高原，在遥远的将来在这垃圾的废墟里可以掘出无数的“北京人”，无需再到周口店去了。

对垃圾加以赞颂是不近人情的。但是一个垃圾堆确实是我们的一个最恰当的纪念塔，它象征一个古老的文化，是多年聚积的成绩，有丰富的内容，虽然是些无用的废物，它藏污纳垢，它蕴藏着毒素，但是永远有三五成群的衣裳褴褛的孩子们在埋头苦干地从事发掘。有人以为天坛的祈年殿或是故宫的太和殿最足以代表北平的文化，据我看，那都是历史的陈迹，我以为垃圾堆才是北平的活的现实的写照。不要以为垃圾堆是令人掩鼻而过的东西，不，无数的老头子小伙子大姑娘小媳妇都在那堆上生活着，趋之若鹜。

迟缓的北平人也感觉到垃圾的威胁了，大家嚷嚷着要清除垃圾，因为垃圾太庞大了，国际观瞻所系，故都市容有关，不能再姑息下去，至于市民卫生倒是一桩小事。我原以为清除垃圾固然兹事体大，其方法当不外一铲一筐的用车拉出城去而已。我的想法居然落了下乘。有更高明的议论出现了，有人说清除垃圾是一门学问，需要大学里专辟一个课程，造就专门的人才，又有人说垃圾可以废物利用，从垃圾中可以制炼出砖之类的东西。这议论当然很好，只是远水不救近火。从前我们也没有垃圾专家，垃圾并不成问题。清道夫就是垃圾专家。垃圾如果有用，也不妨搬到城外去慢慢的受用。我的笨法子很简单，负责的人把清洁捐拨出一部分来（只要一部分），雇用足数的人，给他们足数的薪给，认真督促他们一铲一筐的往城外运，骡车也行，人拉车也行，卡车更好，采取“愚公移山”的办法，早晚可以清除净尽。同时，大学里设专门课程，利用垃圾开设工厂，都可以并行不悖，我丝毫没有不赞成的意思。

生病与吃药[①]

不幸生而为人，于是便难免要生病。所以人生的几大关键，生，老，病，死，病也要算其中之一。一般受资本家压迫的人，往往感觉到生病之不应该，以为病是应该生在有钱人的身上。其实病之于人，大公无私，初无取舍，张三的臀部可以生疮，李四的嘴边也许就同时长疔，谁也说不定。不过这吃药的问题，倒不是人人能谈得到的。你说，我病了应该吃药，请你借我几个钱买药，你就许摇头。所以说，病是人人可生，而药非人人得吃也。

---

① 本文及随后的四十二篇散文均选自上海新月书店1927年出版的《骂人的艺术》。

听说药有中西之分。听说又有所谓医院者，病人进去之后，有时候也可以治好病。然而医院的资本听说非常之大，所以住医院要比住旅馆还贵一点儿。又尝听说，这个病人死后的开销，有时候就算在那一个人活着时候的账上。……这都是道听途说，我生性不好冒险，所以也不知是真是假。

没吃过猪肉的人也许见过猪走；我没住过医院，然亦深知医院必须喝药水矣。这就是与我们中医异趣了。我们中医大概都秉性忠厚一些，绝不肯打下一针去就让你死去活来，他会今天给你两钱甘草，明天开上三分麦冬，如若你要受罪，他能让你慢慢的受，给你留出从容预备后事的工夫，这便是中医的慈善处。中医之所以历数千年而弗替者，其在是乎?

生病吃药，好像是天经地义矣，其实病的好与不好，不必在药之吃与不吃。但是做医生的人，纵或不盼望你常生病，至少也要希望你病了之后去求他开个方子。开了方子之后，你当然不免要到药店买药。做药房生意的人，是最慈悲不过的，时常替病人想省钱的方法。例如鱼肝油是补养的，而你新从乡下来不曾知道，或者就许到一位德医先生处去领教，德医给你试了体温，仔细研究，曰："可以吃鱼肝油矣！"你除了买鱼肝油之外，还要孝敬德医几块。卖药的人，看了这种情形，心中大是不忍，觉得病人药是要买的，而医则大可不必去看。于是他们便藉重所谓报纸者，登他一假广告，告诉你什么什么丸包治百病，什么什么机百病包治，什么什么膏能让你不生毛的地方生毛，什么什么水能让你长毛的地方不长毛，只要你留心看报，按图索骥，任凭你生什么希奇古怪的病，报上就有什么希奇古怪的药。你买一回药，若不见效，那是因为药性温和了一点，再买点试试看，总有你不幸而占勿药的一天。住在上海的人可别生病。不是为别的，是因为上海的医生太多，并且个个都好，有新从德国得博士的赵医士，有久留东洋的钱医士，有在某某学校卒业几乎和到过德国一样的孙医士，还有那诸医束手我能医的李医士，良医遍天下，你将何去何从呢？假如你不肯有所偏倚，你只得在这无数良医的门前犹豫徘徊逡巡，就在犹豫徘徊之间，你的病也许就发生变动了。

所以，我的主张是：(一)最好不是人，(二)次好是是人而不生病，(三)再次好是不在上海生病，(四)再次好是在上海生病而不吃药，(五)再次好是在上海生病吃药而不就医，(六)再次好只有希望在下世，我的上面这六个主意，能倒按着次序完全做到！

花钱与受气

一个人就不应该有钱，有了钱就不应该花；如其你既有钱，而又要花，那么你就要受气。这是天演公理，不足为奇。

从前我没出息的时候，喜欢自己上街买东西。这已经很是不知自量了，还要检门面大一点的店铺去买东西。铺户的门面一大，窗户上的玻璃也大，铺子里面服务的先生们的脾气，也跟着就大。我走进这种店铺里面，看看什么都是大的，心里便觉战栗，好像自己显得十分渺小了。处在这种环境压迫之下，往往忘了自己是买什么东西来的。后来脸皮居然练厚了一点，到大商店里去我居然还能站得稳，虽然心里面有时还不能不跳。但是叫我向柜台里的先生张口买东西，仍然诚惶诚恐。第一，我总觉得我要买的东西太少，恐怕不足以上浊清听，本想买二两瓜子，时常就临机应变，看看柜台里先生脸色不对，马上就改作半斤，紧张的局势赖此可以稍微缓和一点。东西的好坏，是否合意，我从来不挑剔，因为我是来求人赏点东西，怎敢挑三换四的招人讨嫌！假如店里的先生忙，我等一些是不妨事的，今天买不到，明天再来，横竖店铺一时关闭不了。假如为忙着买东西把店伙累坏了呢，人家也是爹娘养的，怎肯与我干休？所以我到大商店去买东西，因为我措词失体礼貌欠周以致使商店伙计生点气，那是有的，大的乱子可没有闹过。

后来我的脑经（筋）成熟了一些，思想也聪明了一些，有时候便到小铺子去买东西，然而也不容易。小店铺的伙计倒是肯谦恭下士，我们站在他们面前，有时也敢于抬起头来。可是他们喜欢跟你从容论价。“脸皮欠厚”的人时常就在他们的一阵笑声里吓得跑了。我要买一张桌子，并且在说话的声音里表示出诚恳的意思，他说要五十块钱，钱，我不敢回半句话，不成，非还价不能走出来。我仗着胆子说给十块。好，你听罢，他嘴里念念有辞，他鼻里哼哼有声，你再瞧他那付尊容，满脸会罩着一层黑雾，这全是我那十块钱招出来的。假如我的气血足，一时能敌得住，只消迈出大门一步，他会把你请回去，说：“卖给你喽！”于是乎，你的钱也花了，气也受了，而桌子也买了。

此外如车站、邮局、银行等等公众的地方，也正是我们年青人练习涵养的地方。你看那铁槛杆里的一张脸，你要是抱着小孩子，最好离远一些，留神吓坏了孩子。我每次走到铁槛窗口，虽然总是送钱去，总觉得我好像是向他们要借债似的。每一次做完交易，铁槛里面的脸是灰的，铁槛外面的脸是红的！铁槛外面的唾沫往里面溅，铁槛里面的冷气往外面喷！

受气不必花钱，花钱则一定要受气。

蚊子与苍蝇

我家里人口众多。除了我和我的太太，还有一个娘姨以外，有几千百头的苍蝇，有几千百头的蚊子。苍蝇、蚊子和我们很亲近，苍蝇和我们亲近的时候在早晨，蚊子和我们亲近的时候在夜里。所以我们可以很从容的和他[①]们周旋。一缕阳光从窗子射到我的太太的脸上，随后就有一只苍蝇不远千里而来，绕床三匝，不晓得在何处栖止才好，我蜷卧床头，静以待变。只见这只苍蝇飞去飞来，嗡嗡有声，不偏不欹的正正落在我的太太的鼻尖上。太太的上嘴唇翕动了一下，我揣测她的意思，大概是表示她的鼻尖是有感觉的。那

① “五四”以前“他”兼指代男性、女性及一切事物。

只苍蝇也有本领，真禁得起震动，抖抖翅膀，仍然高踞在鼻尖上。假使苍蝇能老老实实在鼻尖上占一席地，我的太太夙来是很有度量的，未曾不可以和他相安无事。无奈那只苍蝇，动手动脚的东搔西挠。太太着实不耐烦，只能伸出手来，加以驱除。太太的鼻尖，像有吸引力一般，苍蝇飞起来绕了几个圈子，仍然归到原处。如是者数次。假使苍蝇肯换一个地方，太太或者也可以相当的容忍。她忍不住了，把头钻到被里去。苍蝇甚觉得没趣，搭讪着又来和我亲近。

方以类聚，一点也不错。苍蝇的合群心恐怕要在我们中国人以上。记得小时候唱过一个《苍蝇歌》，内中的警句是："一个苍蝇嘤嘤，两个苍蝇嗡嗡嗡，一群苍蝇轰轰轰！"苍蝇的音乐，的确是由清悠以渐至于雄壮。当其嘤嘤的时候，我便从梦中醒来，侧耳而听，等到嗡嗡的时候，我便翻过身去，想在较远的地方去听，到了轰轰的时候，我便兴奋得由床上跳起来了。音乐感人之深，不亦伟哉！

过了一天非人的生活了，到了夜晚想做一件人做的事，睡觉。但是，不忙睡，宝贝的蚊子来了。蚊子由来访以至于兴辞，双方的工作不外下列几种。（一）蚊子奏细乐，（二）我挥手致敬，（三）乐止，（四）休息片刻，（五）是我不当心，皮肤碰了蚊子的嘴，奇痛，（六）蚊子奏乐，（七）我挥手送客，（八）我痒，（九）我抓，（十）我还痒，（十一）我还抓，（十二）出血，（十三）我睡着了。睡着以后，双方仍然工作，但稍简单一些，前四段工作一概豁免。清晨醒来，察视一夜工作的痕迹，常常发现腿部作玉蜀黍状，一粒一粒的凸起来。有时候面部略微改变一点形状，例如嘴唇加厚，鼻梁增高。有时工作过度，面部一块白一块红的，作豆沙粽子状。据脑经（筋）灵敏的人说，若作一床帐子，则蚊子与苍蝇自然可以不作入幕之宾，有用的精神也可以不用在与蚊蝇亲近了。但我已和太太商量就绪，在下月发薪以前，无论如何，我们仍然要保持大国民的态度，对蚊蝇决不排斥。

老憨看跳舞

听说世界上有跳舞这么一回事。我不但没跳过，看还不曾看过。人家说我是老憨，我也不觉得十分冤枉。

有一天晚上八爷实在看不下去了。他说："你看看跳舞去罢，你不敢去，我领你去。"

我同八爷二人浩浩荡荡的从北四川路往南走。我心里又惊又喜，惊的是破题儿第一遭不知怎样办法，喜的是见见世面，也不枉到上海了一场。

行行重行行，到了一个不三不四的去处，招牌上写着 Mascot Cafe，据说这是一个带跳舞的咖啡店。招牌上是洋字，我心里就着先慌。我望望八爷，八爷望望我。他说："进去罢。"我说："进去啵！”

“这道儿真黑！”

“可不是吗，八爷，这道儿是真真黑！”

街上没有一盏灯，天上没有一颗星。

弯弯曲曲的走进去了。八爷想在我后面走，但是我也不想在他前面走。结果是，两人并着肩走。然而我心里还是慌。

走进一个酒排间，所谓Bar者，有两个白衣白裙的侍者向我狞笑，作吃人状。我心想，这大概是凶多吉少了。八爷不语，我只见他的牙齿咬紧了嘴唇，两手握着拳头。

又一转弯，又一拐角，又向右数步，又向左一转，嗳哟天啊！我已走到了那间挤满了人的、堆满了肉的跳舞厅。东是一块肉，西也是一块肉，这里是一根擦粉的胳臂，那里是一条擦粉的大腿！还有一张一张的血渍似的嘴，一股一股醉薰死人的奇香奇臭。还有宰猪似的琴声歌声。我敬告不敏，我已昏了！

伸手摸了一下，八爷还在我的身旁，稍微放心一些，我定了一定神，举目四望，迷迷糊糊的看出些人形了，似乎是全是外国人，并且男的都是洋兵。

我顿然觉察，只我们两个是中国人。想到此地，打了一个冷战，再举目看时，只见有几十百条视线全集中在我们两个身上，觉得这些视线刺得有点痛起来！

“我们走罢！”

“走罢！”

我们像被猎人追着似的走了出来，三步并两步的走出街上。“这就叫跳舞吗？”我喘着问。

八爷说："那[①]里，我们去太早了，他们还没跳呢！"我说："够了够了。今天领教不少，真正的跳舞，等到我修养几天以后再说罢。"我回家去了，作了一夜的恶（噩）梦，梦见的只是嘴，胳臂，大腿，等等。

① 旧同"哪"。

雅人雅事

顶高顶白的一垛山墙，太没有意思，太不雅观，我们最好在上面题一首诗。在山青（清）水秀的风景所在，题诗在壁上尤其是一件不可少的举动。然而这一件雅事只能在我们雅人最多的中华民国举行。谓余不信，请你环游全球的风景所在，然后再回到我们中国来，较比较比看，什么地方壁上题的诗多。

我说壁上题诗，是雅人雅事。第一题诗非要诗人不可，这一来我们中国人就占便宜，随便张三李四都可以做两首诗。用心一点的，作出诗来有时平仄还可以调。上海街旁告地状的朋友，那一位不是诗中圣手？他们能够把衷肠积愫千言万语，都编成七个字一句，七个字一句的，不多不少，整整齐齐，这就不容易。他们既能告地状，便可以告墙状。我们中国诗人之多，似乎也就不难于想像了。

第二，题诗要求其历久不灭。于是在工具上不能不讲求，我们中国的笔墨是再好不过。外国人里也有一两个平仄尚调的诗人，但是一管自来水笔何能在墙上题诗，诗兴来时只得嘴里哼哼两声了事，所以题壁的雅事不能让我们中国人独步了。还有，题诗要题在高不可攀、深不可探的地方，才能历久不灭。寺殿上的匾额，我们若能爬上去题上一首五言绝句，别人一定不易拂拭磨灭，说不定这首诗就许传了。山谷间的摹崖，谁也不去损伤他，也是最妙的地方。所以题诗要题得满坑满谷，愈奇特的地方愈妙。然而这攀高寻幽的举动，又非雅人不办。

壁上题诗的雅人，最要紧的是胆大。诗的好坏没有大关系，只要能把墙壁上空白的地方补满，便算功德。据说有一位刻薄的人，游某名胜，看看墙上题诗甚多，皆不称意，于是也援笔立题一绝曰："放屁在高墙，如何墙不倒？细看那边时，原来抵住了！"这位先生一定是缺乏鉴赏文学的力量，才做此怪论。题诗雅人，大可不必理他。

天性不近乎诗的人，想来也不少，但是中国的墙壁的空白还有不少，为雅观起见，非要涂满不可的。很多读书识字的人早就有鉴于此，所以往往不题诗而题尊姓大名，并纪来游之年月日。我们游赏名胜的时候，藉此可以知道时贤足迹所之，或者也可以增加这名胜地方的历史价值，也未可知。所以壁上题名，间接着也是保存名胜的一点意思。

雅人雅事，不止一端，壁上题诗名，还是一件小事。

纪诗人西湖养病

有一位诗人，姑隐其姓氏，当今文坛知名之士也。前几天饭后咳嗽，居然呕出一口痰来，而痰里隐隐约约的有类似血丝的附带的东西，并且这种东西有七八条之多，诗人大恐，马上做出一首诗来：

> 这景象是多么古怪多么惨！
> 这到底，到底是怎么一回事！

吟声未罢，打了一个寒战，揽镜自照，脸色发白。于是一则以喜，一则以惧，友朋闻说，争来问询，议论纷纷，莫衷一是。

“曷不食鱼肝油乎？”“曷妨试试自来血乎？”有某君者，爱才心切，力劝赴杭一游，以为消遣，谆谆劝驾，声泪俱下，诗人不得已，遂成行焉。

诗人到杭，寓湖滨旅馆，诗兴大发，饮食俱进。不数日，病有起色，吐痰渐成清一色，不复有红色之点缀，然病体犹虚，每餐只能啖饭五六碗耳。

有一天，天气清和，诗人摇摆而出，曰：“咦！我要到湖边走走。”诗人蓬其首，垢其面，宽衣博带，行动生风。俯仰之间，口占一首：

啊！水这样的绿，山这样的青！
这样的一个诗人生这样的病！

似乎短一点。然而诗人倦了，额际有一股热气冉冉上升，两颗汗珠徐徐下流。诗人长太息曰：“我要买一把扇子。”

行行重行行，到了一家扇庄，柜台上聚着许多大腹贾，选购纨扇，叫嚣不已。诗人曰“此俗人也，不可与同群”，不顾而去。又到了一家，有赤背者一，立于肆首，诗人疾驰而过，愤甚。

最后，到了一家小扇庄。肆主乃一妙龄女郎也，诗人莞尔而笑曰：“得其所哉！得其所哉！”游目四视，乐不可支。忙里偷闲，选购扇子一把，价绝昂，较普通之价加倍，而诗人购扇，固不在扇，更不在扇之价也。

翌日，絜友游湖，至龙井，见有售司提克[①]者，诗人曰：“此

---

① 英语“stick”的音译。

物甚雅，可入诗。”遂购一柄。又有售顽石者，诗人曰：“此物甚雅，可入诗。”遂购一块。于是一杖一石一诗人，日暮而返。

以手探囊，羞涩殊甚。急搭四等车返沪，囊中尚余大洋一角，铜币十余枚。诗人病已霍然愈矣。

好容易过了端午节

好容易过了端午节！我昨天一天以内，因为受了精神上压迫，头部和背部流出来的汗，聚在一起，恐怕要在一加仑以上。为什么要在端午节那天出这些汗呢？这就一言难尽了，容我分做许多言来说罢。

过端午节，吃粽子，喝雄黄酒，悬菖蒲，这些事都很足以令人乐观，做起来也无须出汗，但是除此以外，还有一件极重大的事，先生小姐们，这件事在你们也许不大理会，但是在我就是一件性命交关的事，这件事便是还帐！柴，米，两项大宗的帐，不能不还的。但是店铺也真太不原谅人，还帐只准用钱还，而我所缺乏的只是钱。

一清早，叩门声甚急。我战战兢兢的开了门，只见一位着短衣的人，手里拿着一个纸条，问我："这里是姓王吗？"我登时面无人色，吞吞吐吐的从喉咙深处哼出一声："是的！"我伸手把纸条接过来，心里想着也不必看了，一定是来要钱的。我懒洋洋的走上楼，像是小孩子上学似的，一步一步的挨着走，心里真有一点悲哀。前天到当铺里当得五块钱，这一笔帐还可以付，第二笔便无法付了。我把钱拿在手里，低头一看帐单，咦！那里是一个帐单，上面分明写着："王兄：兹送上枇杷一筐，诸希哂纳是幸。弟李思缘拜。"原来李先生送节礼来了。我笑了。

"喂，你把那筐枇杷拿进来罢……这是给你的酒力钱……回去谢谢李先生啊！……"

那个人笑嘻嘻的，我也笑嘻嘻的。那个人看了我一眼，我可是没有敢望他。他走了。我也上了楼，把那五块宝贝钱重新收起，把一颗枇杷塞进口内。

搭！搭！搭！又有人叫门了。我自己明白，这一回恐怕逃不过去。我怕吓破了胆子，力求我的太太下楼去开门，她倒胆大，把门开了，只见挤进了半个戴绿帽穿绿衣的人。因为我的太太只开了半尺来宽的门缝，所以只挤进了半个人，还有半个在门外。"你有什么事？"

那半个人说："我来拜节。"

一角钱从我的太太的衣袋里走了出去；那半个人从大门缝退了出去。

平平安安的又过了半点钟。忽的又有人叫门了！大门开处，只见又有半个戴绿帽穿绿衣的人挤了进来。他说他也是来拜节的。

我心里猜想，一定是方才没有挤进来的那半个人。经我严重质问之后，才知道他是送快信的，与方才来的那半个人不是一回事。于是乎我又付了一角钱的拜节帐。

我的太太曰：“讨帐的虽尚未来，而拜节者则纷至不已，呜呼，此地岂可久居？”

我曰：“然则走乎？”

我们走了。走到一个顶远的地方，走出了许多的时候，天黑了，我们回来，娘姨表示热烈的欢迎，她说：“啊哟哟！柴店和米店的伙计自从你们走后就来了，守候了一天，饿不过才走的……”

我就这样的战胜了端午节。

是热了！

我疑心我是得了什么病，身体里面的水分不从平常的途径发泄，而在周身皮肤的孔里不住的分泌。并且我不知是因为什么不喜欢在太阳光下走路，而喜欢在荫（阴）凉的地方坐着。我的家人告诉我，这是因为天热的缘故。后来我看见我家养的那条大黄狗，伸出半尺来长的红舌头，呼呼的喘，我这才有一点疑心，大概是热了。

但是真理就怕研究。一研究，真理就出来。我尝细心研究矣，知道现今天气热，确是真的。并且证据很多，除了黄狗伸舌以外，还有许多旁的证明。

有一天我在晚上去看朋友，方要踏进弄堂口，似乎觉得鞋底与一块肉质的东西接触了。我当时心想，在这种时候在这种地方，除了野狗以外，或者没有别的肉质的东西。然而我竟错了。那一块肉忽然发出一种声音，我敢起誓，决不是犬吠，并且我听上去有点耳熟。细一辨察，啊哟！真罪过，这块肉原来是和你和我一样的一个活人。既是活人，为什么铺块凉席，睡在弄堂口呢？这很简单，是热了！

我走到朋友家门口，敲了几下门，从门缝里漏出一声隐隐约约的“啥人？”紧接着又是好几嗓子的严厉的质问。我赶紧声明，一不是抢匪，二不是讨债，三不是收捐，那扇门才呀的一声开了半扇，我斜着肚子挤进去了。谈话不久，忽然间听见百代公司有人大声宣布：“约请什么什么老板唱卖马的二段！”我知道我这位朋友是不谙乐理的，为什么忽然发奋？再说这声音之大，迥非凡响，芳邻似乎也决不至于把留声机搬到他家里来唱。我的朋友说：“李先生府上又放焰口了！”

我知道所谓放焰口者，大概就是留声机里的“卖马”。我说：“声音为何这样大？”

他说：“在晒台上唱呢，这焰口真不小，前后左右二三十家的邻居全都算是预约了死后的超度。”

我问：“为什么在晒台上唱？”

他说：“是热了！”

随后又听到清脆可听的洗牌声，就好像是他们正在改葬祖坟、收拾残碎骨头的声音。

我的朋友说：“晒台上又打起牌来了！”

我说：“是热了！”

我谈完了话，马上兴辞，我的朋友送我到门口，我仔细的用慧眼观察，发现我的朋友并未穿起长衫，送客（尤其是在礼教之邦送客）为什么不穿长衫？我想："是热了！"

有以上这些证据，我暂时相信，大概是热了。

戒烟

戒烟的念头，起过好几次。第一次想戒烟，是在西历一千九百二十三年十一月三十日下午五点多钟，那时候衣袋里只剩两只角子，一块面包要一角三分，实际上我只有七分钱的盈余。要买整盒的香烟，无论什么牌子的，都很为难。当时我便下了一个绝大的决心，在我的寝室里行宣誓礼，拿出烟盒里最后一枝香烟，折为两段，誓曰："电灯在上，地板在下，我如再开烟禁，有如此烟！"

当晚口里便觉得油腻腻的难过，翻来覆去的睡不着觉。第二次清早起来，摸摸衣袋，还是那两只角子，不见多也不见少。我便打开衣橱，把我的几套破衣裳烂裤子搗翻出来，每一个口袋里伸手摸一次，探囊取物，居然凑集起来，摸出了两块多钱。可见我平常积蓄有素，此刻便可措置裕如。这两块多钱怎样用呢？除了吃一顿饱饭以外，我还买了一盒三角钱十枝的“莎乐美”。（“莎乐美”是一种麝香薰过的香烟名。）我便算是把烟禁开了。开禁的理由是：昨晚之戒烟，是因受经济的压迫，不是本愿，当然可以原谅。于是乎第一次戒烟失败。

一年过去了。屋角堆着的空烟盒子，堆到了三四尺高。一天清早，忽然发愿清理，统计之下，这一堆烟盒代表我已吸的烟约有一百三四十元之谱。未免心里有点感慨，想起往常用钱，真好像是一块钱一块钱的挂在肋骨上似的，轻易不肯忍痛摘用。如今吸烟就费如许金钱，真对不起将来的子孙。于是又下决心，实行戒烟，每月积下十元，作为储蓄。这戒烟的时期延长到半个多月。有一天，坐火车，车里面除了几位女太太、几个小孩子、一只小吧儿狗以外，几乎个个人抽烟，由雪茄以至关东，烟气冲天。这时候，我若不吸烟，可有什么旁的办法？凡事有经有权，我于是乎从权，开禁吸烟。我又于是乎一吸而不可复禁，饭后若不吸烟，喉咙里就好像有一只小手乱抓似的。没法子，第二次戒烟又失败了。

男大当娶，女大当嫁，我侥幸已经到了“大”的时期，而并且也居然娶了。闺房之内，约法二章，一不吸烟二不饮酒。闺令森严，无从反抗。于是我又决计戒烟。但是怎样对朋友说呢？这是一个问题。

“老王，你还吸烟否？”

我说：“戒烟了。”

“为什么又戒了？”

我说：“这两天喉咙痛。”

过几天我到朋友家去，桌上香烟火柴都是现成的，我便顺手吸一枝。久之，朋友都看出我在外面吸烟，在家就戒烟，议论纷纷。纸里包不住火，我索性宣布了。我当众声明，我现在已然娶了太太，因为要维持应享的娶后的利益起见，决计戒烟，但是为保持我娶前的既得权起见，决计不立刻完全戒烟。枕上会议，议决：实行戒烟，但分两个步骤，第一步是从不买烟入手，第二步才是不吸烟。我如今已经娶了三年，还在第一期戒烟状态之中。若有人把烟送上门来，我当然却之不恭，受之却也无愧。若叫我自己出钱买烟，则戒烟条例具在，碍难实行。所以现在我家里，为款待来宾起见，谨备火柴，纸烟则由来宾自备了。我这一次戒烟，第一步总算成功了。但是吸烟的朋友们，鉴于我目前的成功，和往昔的失败，都希望我快开烟禁！

小声些！

我觉得我们中国人的喉咙之大，在全世界，可称首屈一指。无论是开会发言，客座谈话，商店交易，或其他公众的地方，说话的声音时常是尖而且锐，声量是洪而且宽，耳膜脆弱一点的人，往往觉得支持不住。我们的华侨在外国，谈起话来，时常被外国人称做“吵闹的勾当”（Noisy business），我以为是良有以也。

在你好梦正浓的时候，府上后门便发一声长吼，接着便是竹帚和木桶的声音。那一声长吼是从人喉咙里发出来的，然而这喉咙就不小，在外国就是做一个竞争选举时的演说员，也绰绰有余。

挑着担子的小贩，走进弄堂，扯开嗓子连叫带唱的喊一顿，我时常想像着他的面红筋突的样子。假如弄里有出天花的老太太，经他这一喊，就许一惊而绝。

坐在影戏院里，似乎大家都可以免开尊口了，然而也不尽然，你背后就许有两位太太叽叽咕咕的谈论影片里的悲欢离合，你越不爱听，她的声音越高。在火车里，在轮船里，听听那滔滔不断的谈话的声音，真足以令人后悔生了两只耳朵。

喉咙稍微大一点，不算丑事。且正可以表示我们的一点国民性——豪爽，直率，堂皇。不过有时为耳部卫生起见，希望这一点国民性不必十分的表现出来。朋友们，小声些！

时间观念

凡是大国的国民，做起事来，总要带些雍容闲适的态度，尤其是我们中国人，据说已经有了好几千年的历史，所以对于时间观念，不必一定要怎样十分的准确。

张先生今天晚上六点请你吃饭，他的意思是说，你八点再去，并不算迟。头脑稍微简单一些的，就许误会，误会张先生所谓六点即是六点。你也许自己估量着寿命有限，把时间看得认真一点，但是你不可不替别人打算，张先生也许还有两圈麻雀[①]没有打完，李大人也许是正在衙门抽烟，王小姐也许还没倒干那瓶

① 指麻将。

香水。你糊里糊涂的准时报到，那叫做热心过度。

自己把时间观念看得认真，这是傻瓜；希望别人心里也存有时间观念，那是双料傻瓜。所以向店铺购东西，你总不可希望限期交货，至少要预料出几桩意外的事，例如店铺老板忽然气绝，或是店伙突然中风，诸如此类的意外，都足以使他拖期。而这种意外的事，你一定要放在意中。

无论什么事，都要慢慢的做。与人要约，延误一小时两小时，一天两天，都是小意思。我们五千来年的历史就是这样过来的！

看相

听说一个人的尊容，和他的一生休戚有很密切的关系。例如耳目口鼻，方向若是稍微挪动一点，就许在一生的过去或未来，发生很大的变动。所以你别瞧那一班满肚子海参鱼翅，坐着汽车兜圈子的人，他们必是有点来历，说不定是因为那一根骨头长得得法。穷困潦倒的人，少去看相，你若是遇到什么张铁嘴李铁腮的，他三言两语的把你的尊容褒贬一顿，你就许对不住你生身的父母。

然而看相的人，名叫铁嘴的还是不够多。你明明是一个不能寿终正寝的地痞流氓，他会恭维你，说你将走红运，在武汉可以发一注横财。你明明是一个乳臭未退的小孩子，他会奉承你，说你是群众革命的领袖，可以东做委员，西做委员。你明明是一位小姐，他会说你是明星。你明明是一位诚实人，他会说你必定是在上海生长大的。你纵然不相信你的尊容会这样的好法，但是你听在耳里舒服。人人喜欢耳里舒服，于是乎看相的人便遍地皆是。

现在研究相术的人比从前进步，只消看看他们的广告，也讲究挂起“留学”的招牌。更有所谓洋相士，什么手相家海伦巴勃，一齐到上海来了。其实这也难怪。我觉得我们中国人的尊容，近年来变得很厉害，恐怕几年后，一定要至少留学过的相术家，才能看懂我们中国人的脸。

忙甚么？

在文明的城市里，你若是能从马路这边平平安安的跨到马路那边，在中间不发生命案，你至少可以说是有一技之长了。因为稍微浑厚一点的人，在车水马龙的街道上，东张西望，不是车碰了你，就是你碰了车。车碰了你，那还好办，即是碰死了也只是照例罚车夫几个钱；若是你碰了车，这一笔损失你就许赔一辈子也赔不清。所以在下初来上海时，看见汽车之多，就深深的感到一种乡下人之悲哀，虽然我很明白上海还不是最文明的城市。

从汽车夫的眼睛看来，在街道上行走的芸芸众生是很有碍交通的。汽车夫所以要快驶的原故，也不难索解，因为有时候坐在车箱里的不完全是我们中国人，更有时简直不是我们中国人。所以汽车疾驶是由于必要，而这种必要是在打倒帝国主义的走狗以前永远存在的。现在若有汽车和行人冲撞，我不怪汽车开得太快，我只怪行人躲得太慢。

听说在很文明的纽约城，警察常张贴布告，警告开汽车的人说：“忙甚么？你只是想赶到你自己的殡前去！”上海的警察应该换个口吻说：“忙甚么？你只是想送别人的殡！”

小报

上海小报之多，已经使得很多的先生们感而且叹了。我常觉得看小报就和娶姨太太差不多，不娶最好，娶了也怪有趣的，即是(使)多娶几个也无关宏旨。我们平常看大报，像是和太太谈天，她老是板着脸，不是告诉你家里钱不够用，就是告诉你家里弟兄吵架，使你听得腻而且烦。偏是翻开小报看看，她会嬉皮笑脸的逗着你玩。

姨太太逗着你玩，使你笑眯眯的开心，我羡慕你；姨太太举止稍微不规矩一些，出言稍微欠庄重一点，我原谅她。但是一位姨太太若像现今上海的一般小报似的，开口“曲线美”，闭口“青筋美”，千方百计的引诱你到她身上去消遣，不消几天能使你神志委靡、肌骨消瘦，对于这样的姨太太，我便时常露出一种不很恭敬的态度。

天下可供消遣的事物，不止一端，但是真正能使雅俗共赏，并且使凡是动物都能发生兴趣，这种的消遣法也就不多。上海的一般小报，大部分从事于“性”的运动，把“曲线美”“青筋美”挂在嘴边上，戴在头顶上，在青天白日之下向青年男女的眼前摇幌，我认为这种行为非深通兽性心理者不办。

“上海小报太多了！”大家都这样嚷嚷。我觉得上海小报之病，不在多，而在于其太专门。

剪发

女子剪发，小事一端，与国家大计不生影响，与社会道德更无关系。但是近来剪发问题，甚嚣尘上，有褚玉璞那样糊里糊涂的禁止，于是就有上海人士这样如醉如狂的提倡。

女子剪发之风，在美国听说很盛，不剪发的女子简直是凤毛麟角。在最热狂的那几年，剪发就像是传染病似的，今天玛丽剪发了，明天海伦剪发了，后天玛丽的母亲剪发，大后天海伦的祖母也剪发了！最时髦的样式就是光溜溜的往后一梳，在美国叫做“Boyish Bob”，在我们中国叫做……不讲了，不甚雅听。

据剪过发的人说，剪去之后，实在方便，省了梳头麻烦。但是你要天天擦司丹康[①]，过几天还要到大马路“Record”梳装店去坐坐，那么，所方便者也就很有限了。

讲到美观一节，与剪发一事，很少关系，因为那是先天的事，在后天很难补救的。不过有一点，我倒相信，剪发后显着年纪青了好些，虽然年近三十，依然可以天真烂漫的活着。但是，等到你年逾半百儿孙绕膝的时候，你想做出一点老成的样子，那就为难了！

---

① 司丹康，发油。

让座

男女向例是不平等的，电车里只有男子让女子座，而没有女子让男子座的事。但是这一句话，语病也就不小。听说在日本帝国，有时候女子让座给男子；在我们这个上海，有很多的时候男子并不让座给女子，这不但是听说，我并且曾经目睹了。

据说让座一举，创自欧西，我曾潜心考察，恐系不诬。因为电车上让座的先生们，从举止言谈方面观察，似乎都是出洋游历过的，至少也是有一点“未出先洋”的风景。所以电车上让座，乃欧风东渐以后的一点现象。又据说，让座之风在欧西现已不甚时髦，而在我们上海反倒时行，盖亦“礼失而求诸野”乎？

一个年逾半百而其外表又介乎老妈子与太太之间的女人，和一个豆蔻年华而其装束又介乎电影明星与大家闺秀的女人，这在男子的眼里，是有分别的。对于前者，大半是不让座，即使是让，也只限于让座，在心灵上不起变化。

我们若把让座当做完全是礼貌，这便无谓；若把让座当做心灵上的慰藉，这便无赖。最好是看看有无让座的必要。譬如说，一位女郎上车了，她的小腿的粗细和你的肚子的粗细差不很多，你让座做甚？叫她站一会儿好了。又一位女郎上车了，足部占面积甚小，腰部占空间甚多，左手拉着孩子，右手提着一瓶酱油，你还不赶快让座？

悲观

吴淞谢开元先生，因为“现在上海欠帐又将近一百元了”，并且“在去年”就有“对于死的羡慕”，于是乎跳海了！这事已见前昨本报[①]。欠帐是一件小事，而对于死能发生羡慕，并且从去年就羡慕起，这便有点非常。

还有一位范叔寒先生，在《申报》上登了这样一段启事：“自赋悼亡，精神受一大打击，近感世事纷纭，尤觉悲观，以故无论何事，概不闻问。”（见五月十日《申报》）这位范先生虽然尚未跳海，而他这个“无论何事，概不闻问”的态度，也就很可观

---

① 疑指《申报》。

的了。

在下现在上海欠帐已经在百元以外，虽然从未赋过悼亡，精神上大受打击可是不止一次，然而我总不敢就羡慕死，也不敢就说“无论何事，概不闻问”的话。有几样事，非要我闻问不可。并且——（我又要并且了）我根本上就不悲观。

世事纷纭，近亦感受之矣！而我终觉生逢盛世，趣味尚浓。譬如说，现在上海解严了，这便是天下从此要太平的意思，稍有心肝的人无不欢欣鼓舞，觉得在帝国主义者统治之下，居然还有严可解。这个严若是照这样解下去，也许可以少好几个人悲观，多好几个人闻问世事。于我们中国大局，也不无小补。悲观何为哉！

太随便了

吾人衣装服饰，本可绝对自由，谁也用不着管谁。但是我们至少总应希望，一个人穿上衣服戴了装饰品之后，远远望过去仍然还是像人。然而这个希望，时常只是个希望。

若说妖装异服，必是生于怎样恶劣的心理，我倒也不信。大半还是由于“随便”。而天下事有可“随便”者，即有不可“随便”者。太随便了，往往足以令人发生一种很不好说出来的感想。譬如说：压头发的网子，戴与不戴均无关宏旨，但是要戴起来在马路上行走，并且居然上头等电车，而并且竟能面无愧色，我便自叹弗如远甚了。再譬如说：袜子上系条吊带，也是人情之常，但是要把吊带系在裤脚管外面，并且在天未甚黑的时候走到有人迹的地方，我便又自叹弗如远甚了。

最爱随便的人，我劝他穿洋装。绅士的洋装，流氓式的洋装，运动时的洋装，宴会时的洋装，打“高尔夫”时的洋装……在我们中国人看来是没有大分别的，只要是洋人穿过的那种衣服就叫洋装，而加在我的身上当然仍是洋装。即便穿的稍微差池一点，譬如在作绅士的时候误穿了一身流氓洋装，或在宴会时忘记换掉短裤，我们都不能挑剔，因为他虽然外面穿着洋装，骨子里似乎还是中国人，既是中国人，则无妨随便一点矣！

挤

我最怕到公众的地方去，因为我怕挤。买火车票的时候，你就是不想挤，别人能把你挤进去，能把你挤得两脚离地一尺多高。买邮票的时候，会有十几只胳臂从你的头上、肩上、嘴巴下、腋肘下伸过来。你下电车的时候，会常有愣头愣脑的人逆水行舟似的往里撞，撞了你的鼻尖，他还怪你碍他的事。总之，有人的地方就要挤。挤是个人的自由，神圣不可侵犯的；被挤是中国国民的义务，不可幸免的。并且要挤大家挤，挤是一种民众运动，没有贵贱老幼之别。至于没有力量挤的人，根本就是老朽分子，不配生在革命的时代。

据到过帝国主义的国邦的人说，帝国主义者却不爱挤，他们买车票的时候，或其他人多杂乱的地方，往往自动的排成一长列，先来者居首，后来者殿后，按序递进，鱼贯而行。他们的这种办法，还是没有我们的好，我们中国的办法有多么热闹，何等的率真！如其我们要学他们的办法，也要从下一代学起，我们这辈的中年人，骨头都长成了，要改也改不了！

司丹康

有一天我去理发，在将要理完的时候，理发匠向我说："阿要司丹康？"

我从鼻孔里发出一种怀疑的声音来。

他还是说："阿要司丹康？"

我没奈何，冒险点了一下头。他从很远的一张台子上取来一罐 Stacomb，没头没脑的在我的头发上乱抹了一阵。

我出来和朋友说，朋友笑我没见过世面。他们说某某国货店早就出售，某某要人在演说对英美经济绝交时头上擦的就是司丹康，某某小姐也是用这个……我孤陋寡闻，望尘莫及了。然而我有感慨焉。

中国人用外国货，不稀奇；用外国货而给他一个中国译名，说的时候还十分顺口，这就有些奇了。当理发匠说“司丹康”三字时，他万没想到这三个字有解释的必要，更没想到年青青的一个人会不知道司丹康为何物。

司丹康是美国货，用用曷妨？“美国货用用曷妨”的哲学成立之后，于是美国橘子，美国苹果，美国冰激凌，美国的什么克尔伯屈克……一齐都用用曷妨。司丹康是否比广生行的油黏，美国橘子是否比福州橘子甜，美国冰激凌是否比上海冰激凌凉……你不必管，你只管买美国货就是。因为凡是美国货就是好的！

麻雀

听说美国闹过一阵子“麻雀狂”，三教九流以及似是而非的人，没有不打麻雀的，有几位留而不学的留学生，还因着传授麻雀术，居然致富了呢。曾几何时，麻雀之风，已成过去，这就可见美国人做事，没有我们中国人这样的有恒心，我们的一副麻雀牌，自从曾祖高祖的时候打起，到现在那般曾孙玄孙就许还没有打完。中国之有悠远的历史，岂偶然哉！

有人说：时间即是金钱，不可虚掷在打牌上面。对于这种非议，有两种解释：上流的解释就是，我们大国的国民，自是雍容闲适，不把金钱放在心上；下流的解释就是，我们打牌，正是为钱，或输或赢，总不曾脱离钱的范围。由此观之，打麻雀是无可非议的了。好，再来八圈！

一个五官四肢头脑胸脏大致齐全的人，若不幸而没有秉受喜打麻雀的遗德，我们也无须十分的婉（惋）惜了。因为他还可以把时间用在旁的事业上去。一般的人我倒希望他们打一辈子的牌，虽无大益，亦无大害。设若麻雀制度，一旦废除，我们中国将凭空添出成千成万的无业游民。如何使得？

阴历

我们中华民国有两种历法，一是阳历，一是阴历。这阴历虽然不能当做正式的日历用，然而革了好几次命总是革不掉它。阳历新年，不管你怎样的悬灯结彩，不相干，大家不起劲。非要到了阴历年，大家才一个一个的乐观起来。习惯之于人，真可说是甚矣哉了！

脑经（筋）稍微简单一些的人，徘徊于阴阳二历之间，时常闹出大事来，譬如说：今天是阳历二十一，阴历二十二。假如我曾订在二十一晚上请客，而客人误以为我说的是阴历，在昨晚就去赴宴，这岂不是笑话？假如朋友订在二十二晚上请我，而我误以为阳历，等到明天才去，这在我一方面的损失，岂不大甚？

房东没有不赞成阴历的，房客没有不赞成阳历的。因为照阴历算，过几年过出一个闰月，房东可以多收一月的房钱。所以就资本家观察，阴历也实在有阴历的好处。苦的是我们房客。还有一层，假如阴历一旦废除，我们从何处去寻黄道吉日，更从何处去查考今天是否宜沐浴，宜出行，宜动土，宜婚丧?

大学教授

有许多人，把所有的大学教授都看得很重，以为他们在品行上都是很清高的，在学问上更不消说。只要认清“博士”“硕士”的招牌，便不致误。其实这是误会。由这种误会还许产生出许多失望和悲剧。

大学教授是一种职业，比较得还算是赚钱的职业。要说干这种生意，也不容易。从小的时候，父母就要下本钱，由买石板粉笔以至于出洋旅费，纵然不致倾家荡产，也要元气大伤。学成之后，应该不难于立身扬名以显父母，设若遭逢非时，沦为大学教授，总算是屈尊俯就，很委曲了。

一般的人若是生来没有什么大毛病，谁愿意坐冷板凳？但是

“得天下之英才，而教育之，一乐也”！而天下之英才往往不在一个学校，所以身为大学教授者，也就往往身兼数校教授，多多益善，这完全是热心服务，薪金多寡，倒是一件小事。以现代人的眼光论，谁要是一辈子做大学教授，谁就是没出息！他们以为大学教授本是升官发财的路上的驻足之所。所以肯长进的人，等到有官可作，有财可发的时候，区区教授，便视如敝屣了。

若有思想迂腐的人说：“先生，你这不是误人子弟吗？”他将回答说：“是的，是的，不过当初人家也是照样误我来的，否则我也不来做教授了！”

打架

我们江浙的下等社会的人，打架有一定的方式的。譬如说：张三得罪了李四，在两人不在一处的时候，张三可以起誓要杀李四，李四也可以赌咒要杀张三。等到两人遇到，也不见得闹出什么命案来。顶多打一架。

打架就要有打架的方式。两方先怒目相视，然后口出秽言，双方由妹妹骂起，骂到外祖母为止，声音越来越高，小脸越来越红，最后，双方同时卷袖口，同时摘眼镜，同时向后退，矩（距）离愈来愈远。这时节，和解的人应运而生。劝架的人越热心，打架的人越凶猛，结果是双方矩（距）离太远，无结果而散。

听说在夷狄之邦，打起架来是没有人劝的，总要你死我活，见个高低。由这一端看来，也就可见我们中国人的确是文明多了，虽在打架的时候，也以人命为重，决不轻易流血。所以善于打架的人，总是按着我上面所说的方式，比较危险少些。至于一言既出，拳头随之，闹到头破血出，在聪明人眼里看来那是笨伯！

吐痰问题

假使一个人的肺部里，生了一块痰，我想我们只有三个方法去处置它：第一是把它吐出来；第二是把它由肺管里咳出到嘴里，然后再从食管里咽下去；第三是让它永远存在肺里。第一条方法最近人情。第二条方法听着有点恶心，然而有一种人，大模大样的把痰咳在嘴里，四面一看，地毯铺得厚厚的，不见痰盂的踪迹，衣袋里又照例不备手绢，只好采取这条办法。第三条办法很少人用，除非在垂死的时候。

如其要吐痰，这便有问题。在文明的社会里，自由是绝对没有的。我尝在公众的地方看见一位雅爱自由的先生，呼的一声痰由肺里跃出，哇的一声，含在口里，啐的一声，吐出来了，拍的一声落到地板上。四周围的人全都两眼望着他，甚或把白眼珠翻转出来，作怕人状。

有人说吐痰和吸烟一样，是有瘾的。有痰偏偏不吐，久之亦可断瘾。据我看：断瘾倒大可不必，不过在吐的时候，不妨稍微思索一下，吐到可以吐的那种地方去。

感情的动物

也不知是谁，说过一句什么："人是感情的动物。"说人是动物，我倒不恼，因为人的确是近乎动物的一类，无论他的血是凉的还是热的，在动物的范围以内人人总有他应得的位置。不过把人当做"感情的动物"，便时常足以发生一种影响，其结果足以使人露出人的本来面目来。

人的本来面目，不大好看。假如今有四五个于此，把衣服剥了去，把体面礼法惯例通通破除，然后再有人把一块带肉的骨头抛到他们中间，你看罢，是一出全武行！再譬如，一个人浑身都是感情，你不触动他倒也罢了，你万一误碰了一根毫发，他能疯了似的回过头来给你一口。"人是感情的动物"，这句话，没有说错。

可是我们总不能不希望人能从“感情的动物”进化到“理性的动物”，由感情从事进化到诉诸理性。有人告诉我说：“你不觉得吗？我们是正在进化着呢。”

铅角子与新角子

我们中国的币制，听说是很复杂的。即以上海一隅而论，市上流行的钱币至少有六种之多：（一）纸币，（二）银圆，（三）银角子，（四）新角子，（五）铅角子，（六）铜板。新角子与铅角子，都是很神秘的东西，不知究竟价值几许，但是在我们的币制里占一很重要的位置。纸币与银圆，有时也有不大地道的，最可靠最有信用的要算铜板了。你付铜板给电车卖票人，他决不一个一个的敲出声音来听听，这就可见铜板在社会上之信用卓著了。

从乡下来的朋友，他们的脑经（筋）不像上海人这样发达，所以他们常常的吸收新角子和铅角子。等到要用掉的时候，他们才有机会觉悟到上海的角子有许多不同的种类。但是乡下来的朋友，你们不必着急，还有比你们后来的乡下朋友，包管你有机会可以不折不扣的用掉。原来市面上就有这样多的铅角子和新角子。来无踪去无迹的，不知将要传到几代下去罢！

还有新从比上海更大的城市里来的人，他们也无心中有收集铅角子和新角子的嗜好。我曾亲见这样的一个人，把一只新角子给黄包车夫，车夫拿在手里，望了一眼，在地上摔了一下，频频摇头，极力表示不甚欢迎的意思。但是那个人扬长而去，只惹得车夫破口大骂，骂到那位先生的高祖以上五六代的样子方止。我当时心里颇有一点说不出来的感想。

小德出入

有一种人的哲学是："大德不逾闲，小德出入可也。"这种哲学实在要不得，因为"小德"的范围太广，包括的东西太多了一点。根据这种哲学，一个人只消不去杀人放火，便算是"大德不逾闲"，此外无论什么事都好归在"小德"里面，并且随便"出入"都还"可也"。

譬如打呵欠一事，也是我们人所常常有的，然而在大庭广众之间，纵然不能把呵欠消灭于无形，也要设法不要太使旁人注意。在下有一次，在电车里遇见一位先生，只见他忽然张开血盆似的巨口，作吃人状，并且发出一声弯弯曲曲的大声音，真有旁若无人之概。我看他的意思，是很希望有人在电车里给他支起一张床铺。

随地吐痰；到处便溺；深夜喧哗……种种不顾公德的事，都是“小德出入”。有人若加以批评，那算是在他的人格上过事苛责，未免多事。一个人若是大德既不逾闲，小德复不出入，那就可以说是一个完全的人了。然而谁肯这种的委曲求全?

半开门

“打折扣”是商人的习惯。那怕它（他）们宝号的墙上悬起“言无二价”的金字黑漆的匾额，你只消三言两语，翻翻白眼，管保在价钱上有个商量的余地。可是习惯之于人，甚矣哉，除了吃饭之外，处处就许喜欢打个折扣。

天有不测风云，商店也有不测的罢市。这时节，老板的心理，真需要我们的同情的安慰。果然，所有的商店都关门大吉了，黄金万两川流不息的想往商店里流，但是流不进去。这景象可有多惨！然而关门也未曾不可打个五折，两扇大门，关上一扇，如何？平常大门洞开，招财进宝，如今罢市，半开门足矣。

中庸之道，大概就是“打折扣”的哲学罢？半开门的罢市，也总算是圣人之教了。不知道在吃饭的时候，有没有这允执厥中的精神？

缠足

报载："江苏省党部特别委员会，昨通令各县市特派员，协同各县县知事，严禁妇女缠足。"这实在是一件极大的德政。我们拼命的宣传缠足有害，那怕说破了几张嘴皮，也收不了多大的效果，因为缠足的那般人，多半是乡下人，轻易听不到我们的宣传，听到了也不容易听懂。现在明令严禁，倒可事半功倍。不可理喻，只得威临了。

本来是，好好的一只脚，缠他做什么？不管你多大的身躯，一身的重量至少也有百十来斤，都靠那两只脚来支持，已是辛苦了，再把脚缠得像一颗粽子似的，未免欺脚太甚！

未缠足的，当然是不该再缠。已缠足的，也可以酌量的解放。

解放后的脚，也许僵挺硬凸，不大雅观，然而究竟走起来方便些是真的。

现今时髦女子，虽然不缠足了，但是同样的不肯让脚自然发展。好好的两只又肥又软的脚，偏偏要穿上一双瘦小的镂花漆皮鞋，高底细尖，脚面上的肉一块一块的从镂花中间凸出来，好像是一个玉蜀黍。何苦来哉！

虎烈拉①

年年到夏天，要闹一顿虎烈拉。幸亏我们中国人多，你死了，还有我，不致于剩出粮食来没有人吃。并且人多就命贱，死一个两个的，无关宏旨。因此，虎烈拉不住的拉人，而制造虎烈拉的总批发所——垃圾桶，仍是盖虽设而常开。

我们中国人也就真耐心。不计数的蚊子苍蝇，从垃圾堆里把微菌整批零趸的送到府上，然后时运不济，就许祸延给无论那一位，府上要大热闹一阵。但是，并不曾听说尚未死亡的人有什么预防的方法。只有医药界的先生们，不晓得为什么，对于虎烈拉，

① “霍乱”的中文音译名。

一个个的不是讲预防，就是讲急救。

本来制药救人，不算是甚大的罪恶。不过世界上怕死的人太多，制药的人实在忙不及，所以热心过度的朋友往往别出心裁，一杯凉水，半匙红糖，也算做是药水了。在没病的时候喝下去，甜滋滋的，并无大碍。

我若患虎烈拉，可不敢乱喝药水。因为病虎烈拉而死，究是天灾，乱喝药水而死，便是人祸了。

束胸

本报八日香港电……有人提议禁女子束胸及青年男女吸食烟酒，经省务会议通过，云云。这是德政，可佩之至。

女子束胸，实在应该禁，只是实行起来，恐怕要很费苦心，譬如，一位胸部稽查员，巷头伫立，见一女郎珊珊（姗姗）而来，胸部隐约坟起少许，稽查人员若是胆怯一些，或客气一些，单凭眼力，便很难断定这位女郎是否犯束胸的罪。并且女子身体，参差不齐，有的胸部完全是一块平阳之地，实在不曾束胸；亦有胸部的肉像气垫子似的，东一块凸，西一块凹，而事实上胸部已经五花大绑的捆了好几道。这怎么办？

青年男女吸食烟酒，也实在应该禁。我想这烟一定不是专指鸦片，酒也一定不是专指火酒。老年男女，就和旧报纸似的，不值什么，就是烟薰死，酒毒死，都不要紧。唯独娇嫩的青年男女，用处大，保护得要特别周到，不能不禁止他们吸食烟酒。

如今是个解放的年头儿，头发解放，缠足解放，如今又是胸部解放，但是烟禁和酒禁，却又解放不得。

哀挡

昨日报载："近有一种骗匪肩一破馄饨担，满装破瓶破碗，行至弄内人丛中，作误踏香蕉皮状。喀琅一声，连人带担，打得粉碎，伏地呜咽，其惨不可名状。同时必有一人出，向众大发其慈悲心，创议捐资助之……果然银元铜元满握，乃即收拾破担称谢而去。……个中人谓之哀挡。"这样新颖的骗法，果然令人惊异，然而既发生在上海，便又无足怪了。假如有一种骗法，在别处发生，而在上海独付阙如，那才是怪事。

这哀挡的骗法，是根据孟子人性善的哲学而来的。假如人性不善，你卖馄饨的真个"连人带担打得粉碎"，与我何干？然而天下还是善人多，情愿把无限制的同情心拿出来凑成一件骗案。

那骗匪对于人性也真抱乐观，并且自己也真肯牺牲，不惜作误踏香蕉皮状，以凑成仁君子的慈善事业！

信纸信封

凡是开办一个铺子，创立一个学校，组织一个机关，或发起一切其他大家吃饭的团体，第一件要紧的事，据有经验的人说，就是印制信纸信封。有许多机关，干脆说罢，唯一的事务就是印制信纸信封，此外不必更下什么资本。说也奇怪，社会的人士真有眼光，看见你用的信封信纸印着机关的名字，顿时对你增加三分信仰。信纸上要是再印上几个英文字，你的人格就算是有了担保。因为这个理由，在无论什么像样的机关，信纸信封的费用是一笔很大的开销。

然而（一个很使劲儿的然而），公家的信纸信封，用在公家的事务上者，可不算多；用到私人的事务上者，可不算少。这在用纸信封的人想来，不是没有充分理由的。理由是：用几张信纸信封，在公家损失无几，在我一方面节省良多。奉行俭德的人，就没有话说了。

有一天我接到一封从外国邮局寄来的信，那封信是免贴邮票的信封，在贴邮票的角上印着："如有以此信封作私用者，处以二百元之罚金。"从字面上看来，公私似甚分明，然而帝国主义者作的事，当然是不足为训了。我们中国人盗用公家信纸信封者，恐怕还不多，还没有到惹人注意或特颁刑律的地步。大可乐观。

名片

名片不是什么特殊阶级所特有的，人人都可享用。上自达官贵人，下至妓娼走贩，只消你有一个名字，再只消你有几角钱，你便可印一盒名片。

名片的种类式样之多，就如同印名片的人一样。有足以令人发笑的，有足以令人骇怕的，也有足以令人哭不得笑不得的。若有人把各式的名片聚集起来，恐怕比香烟里的画片还更有趣。

官僚的名片，时行的是单印名姓，不加官衔。其实官做大了，人就自然出名，官衔的名片简直用不着。惟独有一般不大不小的人物，印起名片来，深恐自己的姓名太轻太贱，压不住那薄薄的一张纸，于是把古往今来的官衔一齐的印在名片上，望上去黑糊糊的一片，就好像一个人的背上驮起一块大石碑。

身通洋务，或将要身通洋务的先生，名片上的几个英文字是少不得的，“汤姆”“查利”都成，甚而再冠上一个声音相近的外国姓。因为名片也者，乃是一个人的全部人格的表现。

乐户捐

昨日北京电："警厅通令严禁妓女退捐歇业，免影响乐户捐。"这一段电文翻成我们日常通用的语言，就是："当妓女的，无论在身体上精神上经济上受什么压迫，也不准停止营业，免影响北京警厅的收入。"再干脆些："北京警厅逼迫妓女继续卖淫。"

妓女通常叫做摇钱树，北京摇钱树的大老板便是警厅，因为乐户捐是警厅最大的收入的一项。所以近年来妓女生意萧条，纷纷歇业，警厅收入大受打击，为维持薪饷来源计，不得不勒令禁止。妓女与警厅的关系之深，有若是者。真可以说，警厅与妓女，相依为命。

"有饭大家吃"这句话，只是说说而已。即如北京警厅的人要吃饭，便管不得妓女有没有饭吃了。其实北方人还是太忠厚，禁止妓女歇业，大可不必说明是为乐户捐的缘故，至少也可以想出几条冠冕堂皇的理由，例如（一）妓寮里面服务的男女人员甚多，一旦歇业，生计断绝，影响地方治安。（二）妓寮是娱乐场所，也是文化机关，北京中外观瞻所系，须臾不可离。这样讲来，多么体面，多么好听！

铜板

铜板者，北方人叫它做铜子儿，乃是中华民国的最通行的最有信用的一种泉币，并且“当制钱十文”之多者也。洗澡过的洋钱，涂改过的钞票，以及什么“新角子”，“铅角子”，我们总都见识过，而不道地或不够分量的铜板却还少见。并且使用铜板的人，似乎都很明理，所以不拘是云南贵州铸造的铜板，在上海行使都可以不用贴水。这真是太便了。

北方通用的一种大铜板，每一枚值铜板二枚，在江南是不通行的。据精通金融情形的人说，这是因为一个大铜板的分量恐怕抵不过两个小铜板的缘故。由此观之，铜板的重量还是减不得的。十个八个铜板放在衣袋里，还不算什么；可是四十五十个铜板，一大撅子，放进衣袋去，身体孱弱一点的人便不能不认为是一种压迫了。

我虽然不敢说是资本家，然而几十个钢板，却天天带在身边。我的单薄的骨头架子，还担得起那死沉沉的一撅子，可是如今大热的天，薄薄的一层衣裳，便有点支持不住，大襟上的扣纽时常坠到腋下去了。而且铜板之为物，不禁招惹，一五一十的数一遍，手上会落一层臭铜锈。

我谁也不怨。我只默祝：我们中国的历史走得快些，快把这铜器时代过去。

此文刊后，得K.V.先生来函，云："将来大作印行单本时，此文请勿选入，因大马路一带卖铜板袋者甚多。我想买一只送给先生……"

但K.V.先生之铜板袋始终不曾送来。谨志于此，以存真象（相）。

撒网

我们通常有婚丧大事，不敢自秘，总是要印许多帖子，分送亲友。这也是一种很正大的举动。但是分送帖子，与施舍粥食略有不同，绝不可抱多多益善的决心。否则你这一张帖子送到一个不相干的人的手里，他的心里不免要生出一种非常的感想，有时竟把你的婚帖当做丧帖看，或是把你的丧帖当做婚帖看。

北京人把乱送请帖这件事唤做“撒网”，那意思是说：送帖的人不分畛域，到处送帖，是希望多收几份礼物，如同撒网捞鱼一般。其实如今的鱼，比撒网的人要聪明些，有时候他们会从网缝里钻出去，让你白撒一网。有时候你只捞起一点点的东西，倒赔上许多撒网的费用。

有些撒网的人，并不是从经济方面着眼，他们是想多请几位客人，撑撑场面。于是乎赵大娶媳妇，赵大的亲戚的朋友邻居李四也接着请帖了。于是乎王二平常认为最没有人格的孙五，也接着王二的结婚帖子了。掉在网里的人，有时费了许多周折，才能知道究竟谁是撒网的人。

但是天道好还，你这回撒一个大网，. 不久你就要掉在许多人的网里。

招聘

古代的人有时候求才若渴，只消你真有一点本领，往往不惜三顾茅庐，求你指教。如今这个时代，茅庐一天比一天的多起来，但是很少有人来光顾。住在茅庐里的人不免发急，因发急而看报，有时候竟在报上发见招聘经理招聘书记等等的广告。

若非自己的夫人没有兄弟，谁肯登报招聘经理？这是很明显的事。然而世界上不肯“以小人之心度君子之腹”的人尚未绝迹，所以有人招聘贤才，就有人欣然而往。

当经理有当经理的规矩，须要先交出多少的押款；做书记也有做书记的手续，须要先交出多少钱的报名费。这押款和报名费如数交付之后，你的责任就算尽了，不必再希望有什么下文。如其真有了下文，那也是足以令你哭一场的下文。

思想顽固的人，常常不明了现代社会的组织法，动辄曰：人心不古。其实不尽然。人心不古者，只一部分人而已；即如看见招聘广告而欣然应征的人们，他们的心仍是很古的。

拳战

我现在所要谈的拳战，不是外国鬼子立在一个方坛上打得你死我活的那种拳战，乃是我们中国的文明人在喝酒的时候“五魁呀！”“七巧呀！”那种拳战。

我曾走进中国饭馆，里面的声音之大，有如万千士卒之鼓噪，我总以为里面至少也应该有一两位头破血流，才能与这么大的声音相称。俟我入座之后，金樽酒满，只见有人卷袖口，有人伸拳头，桌面上登时发生一种很剧烈的运动。并且种种的声音，随与俱来，忽而声若洪钟，忽而不绝如缕，高下疾徐，不可究状，若用五线谱来记录下来，十五条线也未必够用。

深得人生之趣的人告诉我说：吃饭无酒，固然不乐，喝酒不猜拳，也还不能尽兴。我独不解者，是为什么一定要把嗓子喊得像破锣一般？有时候我看见上了年纪的人，手伸出来直哆嗦，并且从丹田（即耻骨缝最高点）里弯弯曲曲的喊出一声公鸡叫似的音调。我就觉得危险。

拳战不能不喊，不过我们总该要顾虑到人的喉咙究竟是人的喉咙。

甚有心得

从前人心还有几分古的时候，把留学生看做很有价值的一种人。那时候的人，总觉得一个人远渡重洋，然后学成归国，一定多少有点本领。至于留学生既留之后，究竟是给外国人洗碗还是给外国人当听差，那都不成问题。

所以在留学生归国之际，就有一种牢不可破的公式，一定要设法在报上登一段新闻，内容大致是这样：

“某某君，少有大志，肄业于某校时，每试辄列前茅，某年出洋，卒业于某校，得某项学位，闻将于某日搭某轮返国。君专习某科，甚有心得。”底下还有一个“云”字。

再漂亮一些，或者就要印上一张玉照。无论那一位留学生归国，报纸似乎都很愿尽登这样一段新闻的义务。并且最奇怪的，就是，无论那一位留学生，都是“甚有心得”。究竟心得的是什么东西，那不必管，不过“甚有心得”四字不算是顶厉害的骂人的话，却可以相当的承认的。

听说现在有尚未出洋正在候补的留学生，也把履历连同四寸半身的玉照，送到报馆。这样的人是将要“甚有心得”，当然也要照登了。

应酬话

两位素未谋面的人，一旦遇到了，经人略一介绍，或竟未经介绍，马上就要攀谈起来，并且要做出十分亲热的样儿，这不是一件容易事。非善于应酬者不办。

初出茅庐的后生小子，会到生人，面红耳赤，手忙脚乱，一句人话也说不出，假如旁边有一座钟，恐怕只有钟声滴滴答答的响着。善于应酬者，则不然了，他能于请教“尊姓”“大名”“台甫”“府上”之后，额外寻出一套趣味浓厚的应酬话。其中的精萃（粹），可以略举一二如下：

“今天的天气热啊！”

“是的，这两天热得难过。”

“下一阵雨就好了。”

“可不是，下一阵雨至少要凉快好几天呢。”

这样的谈下去，可以延长到半点多钟，而讨论的范围不出“天气”一端。旁边的人看着将不禁啧啧称叹曰：这两位士兄多么漂亮！多么健谈！多么会应酬！应酬至此，真可以出而问世矣！

但是除了天气之外，还有可谈的事物没有？凡是自己能辨明天气之冷热的人，常常感觉到，语言无味，还不如免开尊口，比较的可以令人不致笑出声来。

住一楼一底房者的悲哀

小时候听人说，衣食住是人生三大要素。可是小的时候只觉得“吃”是要紧的，只消嘴里有东西嚼，便觉天地之大，惟我独尊，逍遥自在，万事皆休。稍微长大一点，才觉得身上的衣服，观瞻所系，殊有讲究的必要，渐渐的觉悟一件竹布大褂似乎有些寒伧。后来长大成人，开门立户，浸假而生儿育女，子孙蕃（繁）殖，于是“住”的一件事，也成了一件很大的问题。我现在要谈的就是这成人所感觉得的很迫切的“住”的问题。

我住过有前廊后厦上支下摘的北方的四合房，我也住过江南的窄小湿霉才可容膝的土房，我也住过繁华世界的不见天日的监牢一般的洋房，但是我们这个“上海特别市”的所谓“一楼一底”

房者，我自从瞻仰，以至下榻，再而至于卜居很久了的今天，我实在不敢说对它有什么好感。

当然，上海这个地方并不曾请我来，是我自己愿意来的；上海的所谓“一楼一底”的房东也并不曾请我来住，是我自己愿意来住的。所以假若我对于“一楼一底”房有什么不十分恭维的话语，那只是我气闷不过时的一种呻吟，并不是对谁有什么抱怨。

初见面的朋友，常常问我：“府上住在那里？”我立刻回想到我这一楼一底的“府”，好生惭愧。熟识的朋友，若向我说起“府上”，我的下意识就要认为这是一件侮辱了。

一楼一底的房没有孤另另[①]的一所矗立着的，差不多都像鸽子窝似的一大排，一所一所的构造的式样大小，完全一律，就好像从一个模型里铸出来的一般。我顶佩服的就是当初打图样的土著工程师，真能相度地势，节工省料，譬如一垛五分厚的山墙就好两家合用。王公馆的右面一垛山墙，同时就是李公馆的左面的山墙，并且王公馆若是爱好美术，在右面山墙上钉一个铁钉子，挂一张美女月份牌，那么李公馆在挂月份牌的时候，就不必再钉钉子了，因为这边钉一个钉子，那边就自然而然的会钻出一个钉头儿！

房子虽然以一楼一底为限，而两扇大门却是方方正正的，冠冕堂皇，望上去总不像是我所能租赁得起的房子的大门。门上两个铁环是少不得的，并且还是小不得的。因为门环若大，敲起来当然声音就大，敲门而欲其声大，这显然是表示门里面的人离门

① 旧时用词，今作孤零零。

甚远，而其身分又甚高也。放老实些，门里面的人，比门外的人，离门的距离，相差不多！这门环做得那样大，可有什么道理呢？原来这里面有一点讲究。建筑一楼一底房的人，把砖石灰土看做自己的骨头血肉一般的宝贵，所以两家天井中间的那垛墙只能起半垛，所以空气和附属于空气的种种东西，可以不分畛域的从这一家飞到那一家。门环敲得拍拍的响的时候，声浪在周围一二十丈以内的范围，都可以很清晰的播送得到。一家敲门，至少有三家应声："啥人？"至少有两家拔闩启锁，至少有五家有人从楼窗中探出头来。

"君子远庖厨"，住一楼一底的人，简直没有方法可以上跻于君子之伦。厨房里杀鸡，我无论躲在那一个墙角，都可以听得见鸡叫（当然这是极不常有的事），厨房里烹鱼，我可以嗅到鱼腥，厨房里升（生）火，我可以看见一朵一朵乌云似的柴烟在我眼前飞过。自家的庖厨既没法可以远，而隔着半垛墙的人家的庖厨，离我还是差不多的近。人家今天炒什么菜，我先嗅着油味，人家今天淘米，我先听见水声。

厨房之上，楼房之后，有所谓亭子间者，住在里面，真可说是冬暖夏热，厨房烧柴的时候，一缕一缕的青烟从地板缝中冉冉上升。亭子间上面又有所谓晒台者，名义上是做（作）为晾晒衣服之用，但是实际上是人们乘凉的地方，打牌的地方，开演留声机的地方，还有另搭一间做堆杂物的地方。别看一楼一底，这其间还有不少的曲折。

天热了，我不免要犯昼寝的毛病。楼上热烘烘的可以蒸包子，我只好在楼下下榻，假如我的四邻这时候都能够不打架似的说话或说话似的打架，那么我也能居然入睡。猛然间门环响处，来了一位客人，甚而至于来了一位女客，这时节我只得一骨碌爬起来，倒提着鞋，不逃到楼上，就避到厨房。这完全是地理上的关系，不得不尔。

客人有时候腹内积蓄的水分过多，附着我的耳朵叽叽哝哝说要如此如此，这一来我就窘了。朱漆金箍的器皿，搬来搬去，不成体统。我若在小小的天井中间随意用手一指，客人又觉得不惯，并且耳目众多，彼此都窘了。

还有一点苦衷，我忘不了。一楼一底的房，附带着有一个楼梯，这是上下交通唯一的孔道。然而这楼梯的构造，却也别致。上楼的时候，把脚往上提起一尺，往前只能进展五寸。下楼的时候，把脚伸出五寸，就可以跌下一尺。吃饭以前，楼上的人要扶着楼杆下来；吃饭以后，楼下的人要捧着肚子上去。穿高跟皮鞋的太太小姐，上下楼只有脚尖能够踏在楼梯板上。

话又说回来了。一楼一底的房即或有天大的不好，你度德量力，一时还是不能乔迁。所以一楼一底的房多少是有一点慈善性质的。

亲切的风格①

一百五十多年前英国批评家哈兹利（Hazlitt）写过一篇文章《论亲切的风格》（*On Familiar Style*），开宗明义的说：

以亲切的风格写作，不是容易事。许多人误以为亲切的风格即是通俗的风格，写文章而不矫揉造作即是随随便便的信笔所之。相反的，我所谓的亲切的风格，最需要准确性，也可以说最需要纯洁的表现。不但要排斥一切无意义的铺张，

① 本文及随后的二十七篇散文均选自台湾时报文化出版社1979年出版的《梁实秋札记》。

而且也要芟除一切庸俗的术语，松懈的、无关的、信笔拈来的辞句。不是首先想到一个字便写下来，而是要选用大家常用的最好的一个字；不是任意的把字组合起来，而是要使用语文中之真正的惯用的语法。要写出纯粹亲切的或真正英文的风格，便要像是普通谈话一般，对于选字要有彻底把握，谈吐之间要自然、有力，而且明白清楚，一切卖弄学问的以及炫耀口才的噱头都要抛弃。……任何人都可以用戏剧的腔调念出一段剧词，或是踩上高跷来发表他的思想，但是用简单而适当的语文来说话写作便比较困难了。做出一种华而不实的风格，使用双倍大的字来表现你所想表现的东西，这是容易事；选用一个最为恰当的字，便不那么容易。十个八个字，同样的常用，同样的清楚，几乎有同样的意义，要在其中选择一个便不简单，其间差异微乎其微，但是却具有绝对的影响。……

他这意思是正确的。亲切不是随便，选词遣字之间很需要几分斟酌。不过写文章“要像是普通谈话一般”，这句话似乎也还可以再加斟酌。我以为，说话和写文章究竟不是一件事。是有人主张“要怎么说便怎么写”，但是我们说话通常是不打腹稿的，没有时间字斟句酌，往往都是想到即说，脱口而出，所以常有断断续续的、重重叠叠的词句，以及不很恰当的、不很明白的字辞（词），当然更没有标点符号。假如写作如谈话，写出来的东西怕尽是些唠唠叨叨的絮语，废话连篇，徒惹人厌。使用过录音机的人一定可以理解，打开录音机听别人的谈话录音或自己的谈话录音，会觉得词句间欠斟酌、欠简练的地方太多了。如果把说话记录逐字逐句记了下来，也许是如闻謦欬，别有情趣，但是那份啰嗦烦聒不成其为文章了。

语文一致当然是很好的理想。如果这理想有实现之可能，语与文要双方努力。写作要像谈话，谈话也要像写作。写作者芟除其文字中的繁文缛节，使之近似谈话，谈话者芟除其庸俗烦屑，使之近似文字。这样的语文一致岂不是更为合理？不过使文字近似谈话易，使谈话近似文字难。因为人的教育程度不一致，有人说话粗野，有人说话文诌诌，说话粗野的人写文不会文雅，说话文诌诌的人写文也不会直率。语不一致，文焉能一致？语有许多阶层，文亦有许多阶层，阶层之间难望其一致。

以方言土语写小说，例如老舍早年作品《老张的哲学》《二马》之类，使用纯粹的北平方言，从头到尾，北平人读之倍觉亲切，其他地方的读者怕未必全能欣赏。这样的文字应该算是言文一致了。我以为，小说中使用方言土语应以对话部分为限，因为只有在对话部分最能传神，如果全部用方言反倒减少了效果。

我从不相信古代言文一致的说法。记得胡适之先生的《白话文学史》说起过，到了汉朝的董仲舒的时候言文才正式的分离。胡先生的《白话文学史》旨在说明白话文学不是什么新的事物，而是古已有之的，这话固然不错，不过在汉以前言文一致恐非事实。试想古代文字，由甲骨、钟鼎，以至简牍，书写是多么费事，文字非力求简练不可，凡能省的字必定省去。异于白话的文言大概是这样兴起来的。“周诰殷盘，诘屈聱牙”，难道是当时的白话？《诗经》不是容易读的，近似歌谣的国风一部分也不可能是当时的白话，古往今来没有口头谈话而能整整齐齐的几个字一句而且叶韵的。言文从来未曾一致过。如果一定要把口头白话写下来称之为白话文学，那也未尝不可。事实上也曾有人这样做，据我看其中很少称得上是文学作品。

亲切的风格仅是比较的近于谈话而已，不能“像是普通谈话一般”。

沙发

诗的题材，俯拾即是，而且并没有什么雅俗之分，端视作者的想法与手法是否高雅而已。雅的题目可能写得很俗，俗的亦可能写得很雅。

沙发，一俗物耳，何尝不可入诗?

英国十八世纪末诗人库泊（William Cowper）有一首诗，题名就是《沙发》。他写完《沙发》之后，接连又写了五首，《时钟》《花园》《冬夜》《冬晨散步》《冬午散步》，六首诗于一七八五年合刊为一集，集名为《任务》（*The Task*）。诗人在序言里说：

下面诗篇之写作过程简述于后：——有一位女士喜爱无

> 韵诗，要作者以此诗体试写一首，并指定题目为《沙发》。他遵命；适闲来无事，乃以另一主题系于其后；随兴之所至信笔写去，起初只想写一琐细小诗，终乃认真从事成为一卷。

事实经过颇为有趣。库泊所谓一位女士是奥斯登夫人，她屡次请他试写无韵诗，有一天他说：“如果你给我一个题目，我就写。”“啊，你可以写任何题目，”她说，“就写这只沙发好了。”于是他就写了这首诗，其实题目和内容并不相称，作者自己也知道。把约翰·吉尔宾故事讲给他听的也是这一位奥斯登夫人，他听了之后一夜未睡，写成了那首著名的《疯汉骑马歌》。库泊的诗集刊行后，有人批评其标题“任务”二字为不当，他曾辩白说（见《书翰集》第一八四）：

> 讲到这标题，我认为是再好不过。一部书包括了这么多的不同的题目，而其中又没有一个是主要的，要想寻一个能概括一切的标题，乃是不可能的。既然如此，引用此诗之所由产生的情况以为标题，似乎是必然的了；我所做的固已超过了所指定的任务，我觉得“任务”一词仍不失为一适当的标题。一座房子总归是一座房子，纵然造房者造出了一座房子比他预计大出了十倍。我大可以仿星期日报纸的例，称之为《杂俎》（*Olio*），但是那样做实在对我自己不起，因为此集花样虽多，自信尚不杂乱。

这首《沙发》长达七百七十四行，开端是这样的：

我歌咏沙发。我最近歌咏过
“真理”“希望”与“慈善”，以惶恐的心情
触过庄严的琴弦，以战栗的手
努力逃离了那探险的翱翔，
如今要休息一下写个平凡的题目；
题材虽然平凡，而情况仍然是
庄严可傚的——因为这是美人之命。

紧接着库泊就叙说沙发之历史的演变。首言古代的祖先，没有服装家具，睡在岩石或沙滩之上，随后创制了粗笨简陋的三脚石板凳，演进而为橡木制大坐凳。终于三只脚变成四只脚，坐位上铺了软垫，覆以彩色的织锦。印度传进了藤，藤条编成了椅，椅背挺直，坐上去不舒适，坐位又滑，坐上去不安稳，两足悬空，踏不着实地。抱怨最多的是女性，于是有靠背与扶手之双人长椅乃应运而生。一点点的进步而成为今日之沙发。

沙发宜于患关节炎者所享用（现代医学主张患关节炎者不宜坐沙发，而宜于坐高背硬椅），但是诗人说，宁愿牺牲这种享受，不愿患关节炎。诗人说，他一向爱的是散步于乡间青草铺垫的小路，他从小时候爱的是穿山越岭或是闲游江畔。

那时节没有沙发待我享受，
那时节我不需要沙发。青春

很快的恢复体力，长期劳动
只引发短期疲乏……

从这幼时漫步乡间的回忆，库泊发挥了他对乡间风景的爱慕。“现在我已不复年轻，而年轻时使我着迷的景物依然是可爱的，依然使我着迷。”他一一的描述乡间的风景、声音、花草、农舍、人物……乡间是可爱的，相反的，城市是可憎的。

虽然美好的事物在
纯朴而优雅的土壤里最能滋长，
也许只有在那里才能茂盛，
可是在城市里便不行；那些
狂傲、闹嚣，而唯利是图的城市！
各地的渣滓秽物都流入
这公共的肮脏的阴沟里来。

他把城市形容成为藏垢纳污的地方，富庶导致懒惰与淫逸、放荡与贪婪。但是库泊也不得不承认，城市孕育艺术、科学与哲学，伦敦是最美的城市，也是最恶劣的罪恶渊薮。他的最后结论可以用一行警句做代表：

上帝制造了乡村，人制造了城市。
（God made the country, and man made the town.）

猫

英国十八世纪诗人斯玛特（Smart）是一个疯子。这不足为奇，因为诗人和疯子本来有一些近似。不过斯玛特疯得厉害。他本来只是由于对宗教的热狂过度而显得不很正常，他喜欢祈祷，常在光天化日之下跪在当街上做祈祷，而且乞求别人和他一起祈祷。他两度被关进了疯人院。约翰孙同情他，说他无害于人，根本不该被关起来。在疯人院里他不准使用纸笔墨水，据说他就利用他的钥匙的尖端在壁板上刻画出他的杰作《大卫之歌》，大卫歌颂的是上帝的光荣。斯玛特还有一部诗稿，死后一百多年才被发现，这就是《对羔羊而欢喜赞叹》（*Jubilate Agno*），于一九三九年刊行。这部诗的主旨也是赞美上帝，斯玛特以为凡属生物（佛家所谓“有情”）都是在宣示上帝的光荣。他有一只猫，是他被禁闭时唯一的伴侣，名字是乔佛莱，这只猫之生命即是对上帝之不断的礼拜。自第十九节第五十行起及整个的第二十节，都是讲这只猫。诗体是所谓自由诗，不押韵，每行长短不拘，很像是惠特曼的诗的形式，当然这是模仿《圣经》，也可说是模仿希伯来诗体。其诗曰：

我要谈到我的猫乔佛莱。
他是当今上帝的臣仆，日日克尽厥职。
上帝的光荣在东方刚刚出现，他即以他的方式去礼拜。
其方式是弓身七次，优美而迅速。
然后他跳起捉麝球，这是他求上帝赐给他的恩物。
他连翻带滚的闹着玩。
作完礼拜受了恩宠之后他开始照顾他自己。
他分为十个步骤去做。
首先看看前爪是否干净。
第二是向后踢几下以腾出空间。
第三是伸前爪欠身做体操。
第四是在木头上磨他的爪。
第五是洗浴。
第六是浴罢翻滚。
第七是为自己除蚤，以免巡游时受窘。
第八是靠着一根柱子磨擦身体。
第九是抬头听取指示。

第十是前去觅食。

礼拜上帝照顾自己之后他便应付他的邻居。

如果遇到另一只猫，便温柔的吻她一下。

捕到食物的时候便戏弄他，给他一个机会，

七只老鼠有一只在他逗弄时脱逃。

每日工作完毕，他的正事开始。

夜间他为上帝值更，防备仇敌。

他用含电的皮和闪亮的眼抗拒黑暗的威力。

他以活跃的生命力抵制代表死亡的恶魔。

在晨祷中他爱太阳，太阳也爱他。

他是属于虎的一族。

虎是天使，猫是小天使。

他有蛇的狡猾与嘘嘘声，但他禀性善良能克制自己。

如吃得饱，他不做破坏的事，若未被犯，他亦不唾。

上帝夸他乖，他做呜呜声表示感谢。

他是为儿童学习慈爱的一个工具。

没有猫，每个家庭不完备，幸福有缺憾。

以色列人离开埃及时，主曾命令摩西带走战利品。

每个家庭行囊中有一只猫。

英国的猫是欧洲的最佳者。

他是四足动物中使用前爪最为干净者。

他的防卫力之灵巧是上帝十分钟爱他的明证。

他是生物中行动最敏捷的。

他有坚持不懈的毅力。

他是严肃与恶作剧的混合。

他知道上帝是他的救主。

没有什么能比他休息时的宁静为更可爱。

没有什么能比他动作中的生命力为更活跃。

他是主的小可怜，难怪总是被怜惜的称做——可怜的乔佛莱！可怜的乔佛莱！老鼠咬了你的脖子。

我赞美主耶稣的名字，乔佛莱已经好些了。

圣灵来到他的躯体上使之归于完整。

他的舌头十分纯洁，有音乐中得不到的纯洁。

他驯顺，能学习一些事情。

他可以做出严肃的模样，这是奉命唯谨。

他可以供驱使，这是克尽厥职。

他可以跳过一根手杖，这是禁得考验。

一声令下他可以四肢伸开的仰卧。

他可以从高处一跃而入主人的怀抱。

他可以捕捉一个软木塞再掷出去。

他被伪善者与吝啬者所嫉。

前者怕被窥破。

后者不肯破费买饲料。

他弓起他的背，表示开始有所作为。

他很值得怀念，如果一个人愿说老实话。

在埃及他曾因殊勋而声名大著。

他杀死了陆上为患的獴鼠。

他听觉灵敏，一点声音就使他警觉。

所以他能很快的予以注意。

我抚摩他发现他身上有电。

我发现他身上有上帝的光明，烛光与火焰。

电火是神圣的东西，乃是上帝从天上带来的，以支持人与兽的躯体。

上帝祝福他，令他有各式各样的活动。

他虽然不能飞，极善于攀爬。

他在地面上活动多于任何四足兽类。

他能随着音乐做各种舞蹈。

他能泅水逃命。

他能爬行。

大街

《大街》是美国辛克莱·路易士（一八八五——一九五一）的重要作品之一，刊于一九二〇年。中文译本张先信译，一九七六年二月今日世界出版社出版，六三七页。

厚厚的一部小说，拿在手里几乎像是一块砖头似的重，能令人从头看到尾，这就不简单。一个故事并不等于是一部小说，可是一部小说一定要有一个故事。《大街》的故事是这样的——

凯洛尔·密尔福特是美国明尼亚波里斯[①]附近一所小型学院的毕业生。她在学校里是相当活跃的，有多方面的兴趣，有轻盈

① 今译“明尼阿波利斯”，美国明尼苏达州一座城市。

的体态，有反叛的性格，有改革家的抱负。毕业之后在芝加哥学习图书馆学。后来在一个偶然的机会里遇到了维尔·肯尼柯特，他是明尼苏他州[①]地鼠草原的一位医师，此人性情和善，头脑冷静，但无太多的想像，比她大十二三岁。一个秀丽少女和一个富裕的未婚男子遇在一起，发生恋爱是很自然的事，那种关系是“生理和神秘的混合”。结果是他们结婚了。她当然是跟了他到地鼠草原去，去做家庭主妇，但是她并不志在做家庭主妇。他告诉她，地鼠草原需要她去做一番改革。

可惜一到了地鼠草原，凯洛尔大失所望，原来那地方是风气闭塞的穷乡僻壤，人民抱残守阙，愚蠢落后，并不欢迎改革。那条大街便是标准的丑陋的标帜（志）。“传统的故事为什么都是谎话？人们总把新娘进门形容得美好无比，认为姻缘都是十全十美。实际上完全不是那么一回事。我现在没有任何改变。而这小镇——我的天！我怎能住得下去，这是一座垃圾堆！”她的丈夫很满意于他的家，他说“这是一个真正的家”！他唱起灶神歌：

我有一个家，
可以随心所欲，
　　随心所欲，
这是我和妻儿的窝，
我自己的家！

他不是不明白凯洛尔的心情，他说：“我不期望你认为地鼠草原是

---

① 今译“明尼苏达州”。

天堂。我也不期望你一开头就特别喜欢这个地方。但是慢慢的你会喜欢它的——在这里，自由自在，所接触的都是世界上最好的人。”

但是事实上凯洛尔所接触的竟是一些庸俗而鄙陋的人。他们喜欢的是瞎咀嚼，玩桥牌，谈汽车，打猎捕鱼。

她的家庭内最初一场风波是因钱而起，她手里没有钱，有时候很穷。“我用钱的时候必须向你恳求，每天如此！”于是他塞给她五十块钱，以后总记得按时给她钱。

在校园中她努力应付，但是究竟品类不同，难以水乳交融。有几个人比较谈得来，例如她丈夫从前追求过的一位女教师维达·薛尔文，一位有学问的律师盖·包洛克，一位瑞典的流浪汉迈尔斯·勃尔斯泰姆。但是在凯洛尔的生活中引起轩然大波的，是新来镇上在一家裁缝店里工作的二十五岁的小伙子。他名叫埃里克·华尔柏，瑞典人，大家取笑他，说他的服装和言谈都有点女人气，称他为“伊丽沙白”。凯洛尔觉得他“光芒四射，与众不同……从他的脸上可以看到济慈、雪莱……”。她径自到裁缝店去见华尔柏，谈得甚为投机，以后便常有来往，一同出去散步、划船。有一天乘医师不在家，他溜进她的院子，她引他入室，登楼、参观卧室……然后“她不禁全身瘫痪，头往后仰，两眼微闭，陷入一阵多采多姿的迷惘”。男女之事，有太多的人喜欢做义务的传播，于是风风雨雨，她的丈夫焉能不有所闻？有一次撞见他们在野外，遂使事情到了摊牌阶段。肯尼柯特一点也不鲁莽，只要求她和他一刀两断，并且以引咎的口吻向她解释说：“你明白我的工作性质吗？我一天二十四小时，马不停蹄地在泥浆和大风雪中到处奔跑，拼命救人，不分贫富，一视同仁。你常说这个世界应该由科学家来统治，不应该让热狂的政客来统治，你难道不明白我就代表着此地所有的科学家吗？”言外之意是说，莫怪一个做医师的丈夫为工作所限制而无暇和你经常的谈情说爱。事实上，除了无暇之外，这位医师的气质也是一个问题。凯洛尔敬重他，但很难在爱的方面获得满足。多少妻子因此饮恨终身而不敢表达她的衷曲！这一场风波的结果是夫妻外出旅行三个半月。凯洛尔随后离家，远赴华盛顿觅得一份工作，但是一年后对工作也不无厌倦，“觉得自己不再是一个目中无人的哲学家，只是一个已经衰老的女公务员”。她的丈夫到华盛顿来看她，对她说：“我希望你回来，并不请求你回来。”最后，凯洛尔回去了，可是并不觉得自己完全失败，她于表现反抗精神之后回到地鼠草原去继续做一个贤妻良母，继续对社区活动积极参加。

这样的一个故事，平铺直叙，很少曲折。背景是美国中西部的一个小镇，时间是第一次世界大战前后，主要人物与情节是一对夫妻的悲欢离合。作者对于庸俗的乡镇作了深入的讽刺，对那些知识浅陋、头脑顽固、胸襟狭隘，而又自满自足的人物做了相当含蓄的攻击。我们要注意：这庸俗与阶级无关。哪一个阶层都有它的庸俗分子与庸俗见解。《大街》里的人物包括了上、中、下三个阶层，各有其可厌的人物画像。凯洛尔值得同情，但是肯尼柯特不仅值得同情，而且值得敬重。一个家庭应该由男人做一家之主，使女人沦于奴隶地位，以烧菜洗盘断送其一生吗？一个女人应该接受传统环境所炼成的缰锁，在感情生活方面永远受着压抑，而不许越雷池一步吗？这样的问题，《大街》都提出来了，虽然不曾说出明确的答案。文学作品的目的，就是要提出问题，而不是一定要提供答案。像《大街》这样一部有名的小说，在美国现代文学中已有定评，中译本前无序言，后无跋语，我想这缘故大概即是要读者自己去体会其中的意义。最后应该一提的是译者张先信先生的译笔既忠实又流利。

尘劳

尘劳纠缠我们太甚；夙兴夜寐，
赚钱又挥霍，我们浪费了精神；
自然界很少事物使我们悦目赏心；
我们抛弃了心，真是不合算的买卖！
向月亮袒露胸怀的大海；
那无时不在怒吼而现在没有声音
像睡花闭拢起来似的狂风阵阵；
这一切，我们都觉得合不来；
它不能感动我们。——神啊，我宁愿
是古老教条抚养大的异教徒一个；
以便伫立在这愉快的草原，

瞥见一些什么，减少我的寂寞；
看普洛提阿斯自海中涌现；
或是听老特莱顿吹他的海螺。

这首十四行诗是渥资华斯一八〇六年左右作，也许是他前前后后所作约五百首十四行诗中之最为人所熟悉者。第一行是The world is too much with us，即以为题，人生苦短，镇日价为名缰利锁所牵，连大自然的良辰美景都不能享受，真是何苦来哉！渥资华斯是在反对过度的物质享受的追求，主张归真返朴，宁愿作一个原始的异教徒！其实古今中外的文人雅士没有不向往山林的。苏东坡诗“朝来拄笏看西山”，典出《世说新语》，王子猷以手版拄颊，自言自语的说“西山朝来，致有爽气”，言其在从政时并不忘情于自然之欣赏。

十四行诗格局谨严，在趣味上有一点点近似我们的律诗，一样的有起承转合，只是没有对仗。渥资华斯作诗，主张使用日常言语，常常不是模仿民谣形式，便是以无韵诗行写成所谓的“谈话诗”，有意的打破新古典派的法则。但是在另一方面他喜欢写十四行诗，为米尔顿以降，最大的十四行诗作者之一。这原因是渥资华斯究竟是一个艺术家，“征服困难”永远是一件乐事。能熟练运用文字的作者，还能怕音节的规律和韵脚的束缚么？能作古典诗，才有资格谈新诗；能作新诗，才有资格谈古典诗。渥资华斯并不矛盾。十四行诗与歌谣体各有千秋。

四十多年前，我们的白话诗尚在萌芽时代，闻一多、徐志摩试行采用西洋诗的形式，尤其是闻一多译了伯朗宁夫人[1]若干首

① 即英国女诗人伊丽莎白·勃朗宁（1806—1861）。

"葡萄牙人的情歌"，又作了几首"商籁"，无非是偶然兴至。我当时就觉得此路不通。尤其是"商""桑"不分，"籁""耐"不分，听起来就别扭，可是"商籁"二字居然也有人沿用不误。有人嘲笑之为"戴着镣铐跳舞"，这也是不懂西洋诗的艺术者的皮相之论。只要舞得美，戴了镣铐又有何妨？中国文字和西洋文字不同，十四行诗生吞活剥的在中文诗里出现，难以成功，且亦无此必要。诗必须根据自己的传统寻求创新，外来的精神与形式不是可以不加选择即予采纳的。看渥资华斯之推崇十四行体，也是念念不忘西洋诗的传统的成就。下面是他一八二七年作的一首十四行诗——

莫轻视十四行诗

莫轻视十四行诗；批评家，你忘了
它的光荣所以才皱眉；用这把钥匙
莎士比亚打开了他的心房；这小小的
琵琶的乐声曾安抚皮特拉克的烦恼；
用这笛子塔索吹出过千遍的歌调；
卡模昂在流亡中也用它来消遣，
但丁的花冠覆在他的冥想的额前，
十四行诗也曾在那柏叶之间照耀了
一片欢乐的叶子：是萤火的微光，
鼓舞了风流的斯宾塞，把他从仙境唤醒，
来和寂寞奋斗；一旦无情的沮丧
包围了米尔顿的前程，在他掌中
这东西竟变成喇叭；他藉以吹叫
惊心动魄的音调——哎呀，可惜太少！

鹰的对话

山岩上，一只老鹰带着一群小鹰，咋咋的叫个不停。一位通鸟语的牧羊人恰好路经其地，听得老鹰是在教导小鹰如何猎食人肉。其谈话是一问一答，大略如下：

——“我的孩子们，你们将不再那么需要我的指导了，因为你们已经看到我的实际表演，从农庄抓家禽，在小树丛中抓小野兔，牧场上抓小羔羊。但是你们应还记得那更可口的美味；我常以人肉供你们大嚼。”

——“人肉当然是最好吃。你为什么不用你的爪子带回一个人到鹰巢里来呢？”

——“他的身体太大了。我们找到一个人的时候，只能撕下他一块肉，把骨头留在地上。”

——“人既如此之大，你又怎样杀死他的呢？你怕狼，你怕熊，你怎能有超过人的力量呢？人难道比一只羊还更可欺么？”

——“我们没有人的力量，也没有人那样的狡诈。我们难得吃一回人肉，如果大自然没有注定把人送给我们来享受。人具有凶猛的性格，比任何动物都凶猛。两族人往往遭遇，呼声震天，火焰弥空。你们听到声音火光起自地上，赶快飞向前去，因为人类一定是正在互相残杀；你们会看见地面上血流成渠，尸横遍野，许多尸骸都是肢体不全，很便于我们食用。”

——“人把对方杀死，为什么不吃掉他呢？一条狼杀死一只羊，他在饱啖羊肉以前不会准许兀鹰来触动它的。人不是另一种狼么？”

——“人乃是唯一的一种动物，杀而不吃。这种特性使得他成了我们的大恩人。”

——“人把人肉送到我们跟前，我们就不必费力自己行猎了。”

——“人有时候很长久的安安静静的留在洞里。你们若是看到大堆人聚在一起，像一队鹳似的，你们可以断定他们是要行猎了，你们不久即可大餐人肉。”

——“但是我想知道他们互相残杀，其故安在。”

——“这是我们不能解答的一个问题了。我曾请教过一只老鹰，他年年饱餐人的脏腑，他的见解是，人只是表面上过动物生活，实则只是能动的植物。人爱莫名其妙的互相厮杀，一直到僵挺不动让鹰来啄。或以为这些恶作剧的东西大概是有点什么计划，紧紧团结在一起的人之中，好像有一个在发号施令，又好像是格外的以大屠杀为乐。他凭什么能这样的高高在上，我们不知道；他很少时候是最大的或跑得最快的一个，但是从他的热心与勤奋来看，他比别人对于兀鹰更为友善。”

这当然是一段寓言。作者是谁，恐怕不是我们所容易猜到的。是古代的一位寓言作家么？当然不是。在古代，战争是光荣事业，领导战争的是英雄。是十八世纪讽刺文学大家绥夫特[①]么？有一点像，但是绥夫特的集子里没有这样的一篇。这段寓言的作者是我们所习知的约翰孙博士，见他所写的《闲谈》（*The Idler*）第二十二期。《闲谈》是《世界纪事》周刊上的一个专栏，第二十二期刊于一七五八年九月九日。《闲谈》共有一百零四篇，于一七六一年及六七年两度刊有合订本，但是这第二十二期都被删去了。为什么约翰孙要删去这一篇，我们不知道，这一篇讽刺的意味是很深刻的。

好斗是人类的本能之一，但是有组织的战争不能算是本能，那是有计划的预谋的团体行动。兀鹰只知道吃人肉，不知道人类为什么要自相残杀。战争的起源是掠夺，掠夺食粮，掠夺土地，掠夺金钱，掠夺一切物资。所以战争不是光荣的事，是万物之灵的人类所做出的最蠢的事。除了抵抗侵略、抵抗强权执干戈以卫社稷的不得已而推动的战争之外，一切战争都是该受诅咒的。大多数的人不愿意战争，只有那些思想和情绪不正常的邪恶的所谓领袖人物，才处心积虑的在一些好听的借口之下制造战争。约翰孙在合订本里删除了这一篇讽刺文章，也许是怕开罪于巨室吧？

---

① 即英国作家乔纳森·斯威夫特（1667—1745）。

读杜记疑

卖药与药栏

杜甫《进三大礼赋表》有云："顷者卖药都市，寄食朋友……"[①] 卖药恐怕不是真的卖药，是引用韩康"卖药洛阳市中口不贰价"的典故，自述旅食京华之意。有人写《杜甫传》，把杜甫真个说成为一个卖药郎中，疑误。

杜诗《有客》云："不嫌野外无供给，乘兴还来看药栏。"按

① 梁实秋的读书札记中多处引用古籍中语句，个别处引用有误。本书特此核查权威古籍版本，作了修正。

药草之属亦是娱目欢心之物。石崇《金谷园诗序》:“有清泉茂林,众果竹柏,药草之属……甚为娱目欢心之物备矣。”可见杜公植药,未必是为卖药之资。何况所谓药栏亦未必就是种植草药之栏,因草药亦不需栏。《开元天宝花木记》云:“禁中呼木芍药为牡丹。”木芍药即今之牡丹。药恐即是木芍药之简称。《独异志》上云:“唐裴晋公度寝疾永乐里,暮春之月,忽过游南园,令家仆童舁至药栏,语曰:‘我不见此花而死,可悲也。’怅然而返。明早,报牡丹一丛先发,公视之,三日乃薨。”药栏即种植木芍药之栏,此一明证。又按范摅《云溪友议》:“致仕尚书白舍人,初到钱塘,令访牡丹花,独开元寺僧惠澄,近于京师得此花栽,始植于庭,栏圈甚密,他处未之有也。”栏圈字样,值得注意。白乐天携酒赏牡丹,张祜题诗云:“浓艳初开小药栏,人人惆怅出长安。风流却是钱塘守,不踏红尘见牡丹。”是药栏明指牡丹。不过杜甫多病,与药结不解缘,也是事实,在诗中斑斑可考。如谓凡药皆视为配病之药，则有时不免失误。杨伦《杜诗镜铨》注：“药栏，花药之栏也。”语意模棱矣。

况余白首

《观公孙大娘弟子舞剑器行》序文有句：“玉貌锦衣，况余白首。”人多认为费解。《苕溪渔隐丛话》引秦观语：“杜子美诗冠古今，而无韵者迨不可读。”仇注引申涵光曰：“诗序太剥落，‘玉貌锦衣’下如何接‘况余白首’？”指为文字剥落，殆为贤者讳耶？近人傅东华先生注杜诗：“言公孙玉貌锦衣尚归寂寞，何况已年之易老乎？”（见商务人人文库本杜甫诗页二三七）似嫌牵强，且与下文，气亦不顺。疑“况”字当作“甚”解，言公孙当年风采当已不复存在，其衰朽之态恐有甚于余之白首者。杜甫初观公孙舞，在开元三载（一作五载），尚在童稚，此诗作于大历二年，从开元五载算起，相距五十一年矣。公孙焉得不比杜公更老？下云“今兹弟子，亦匪盛颜”，正与上文语气联贯。

乌鬼

《戏作俳谐体遣闷二首》：“家家养乌鬼，顿顿食黄鱼。”乌鬼究是何物，众说纷纭。或谓养乌鬼，乃赛神也，养可能是赛之误，鬼者乌蛮鬼也。元微之《江陵》诗“病赛乌称鬼，巫占瓦代龟”。可为此说之有力的佐证。但养乌鬼与食黄鱼若为一事，则乌鬼殆为鸬鹚。《黄山谷外集·次韵裴仲谋同年》有句“烟沙篁竹江南岸，

输与鸬鹚取次眠”，所谓鸬鹚即《本草》所谓之水老鸦，一名乌鬼，能捕鱼。因家家养乌鬼，故而顿顿食黄鱼，似亦顺理成章。

魏子华《寒夜话黑鹭》一文，有云：

> 黑鹭浑身黑羽毛，是一种擅能捕鱼的鹭鸶，它的体型比普通鹭鸶肥壮，看起来很像大型的乌鸦，所以，家乡成都一带又叫它鱼老鸦，每年一入隆冬，天寒水浅，放鱼老鸦的人们，这就赶鸦下河，大发利市去了。
>
> 放鱼老鸦的人，他们出发之前，总是把小船或竹筏顶在头上，鱼老鸦就栖息在船或竹筏上打瞌睡。可是，当它们一见到水，可就立刻精神百倍，一头钻得不见踪影了。当它们再度浮出水面，十之八九都会嘴里衔着一条鱼，渔人只消把篙竿伸过去，它们就会乖乖的飞到竿上来，然后收回船上，取下他们的猎获物。

这“鱼老鸦”如果就是《本草》上说的“水老鸦”，当然也就是杜诗中的“乌鬼”了。

宋马永卿《懒真子录》卷四：“乌鬼，猪也。峡中人家多事鬼，家养一猪，非祭鬼不用，故于猪群中特呼乌鬼以别之。”此说亦可通，川中确是家家养猪，而杀猪祭鬼亦是习见之事，至今犹然。

数说皆有可取处，均非定论。姑且存疑，不必强作解人也。

他日

《秋兴》八首“丛菊两开他日泪”句，“他日”应作“往日”解，非谓将来。《孟子·梁惠王下》，两次用“他日”：“他日见于王曰”，他日是过后有一天，“他日君出”，他日则是往日。是“他日”本有二义，视其上下文义而定。丛菊两开，是两年已过，他日是指已过的这两年，两年之内陨泪多少，感慨系之！

《滕王阁序》：“他日趋庭，叨陪鲤对；今兹捧袂，喜托龙门。”此“他日”亦昔日之意也。

不觉前贤畏后生

《戏为六绝句》有云：“今人嗤点流传赋，不觉前贤畏后生。”语意含糊。清人汪师韩《诗学纂闻》谓：“乃诘问之言，今人诋毁庾信之赋，岂前贤如庾者反畏尔曹后生耶？”按《论语》：“后生可畏，焉知来者之不如今？”原意是说后生可能有可畏之处也。杜意今人并无超越前人之处，奈何妄议古人，故曰不觉前贤畏后生。贤者虚怀若谷，皆应深觉后生可畏。惟今人诋毁庾信，吾则不觉前贤应畏后生。不觉是杜甫不觉也，汪师韩释为诘问之语，反似多事。

鸡狗亦得将

《新婚别》有句：“生女有所归，鸡狗亦得将。”仇注云：“嫁时将鸡狗以往，欲为室家久长计也。”疑不洽，恐是“嫁鸡随鸡，嫁狗随狗”之意。女人出嫁，焉有携鸡狗以俱往者？杨伦《杜诗镜铨》注：“用谚语。”所见是也。将，从顺之意，不是“之子于归，百两将之”之将。陶诗《读史述九章》咏夷齐：“二子让国，相将海隅。”亦相从之意。

宋庄绰《鸡肋编》："杜少陵《新婚别》云'鸡狗亦得将'，世谓谚云'嫁得鸡，逐鸡飞；嫁得狗，逐狗走'之语也。"葛立方《韵语阳秋》："谢师厚生女，梅圣俞与之诗曰：'……男大守诗书，女大逐鸡狗。'"亦同一意义。是宋人早有此解，仇沧柱殆未之见？

漫與

杜诗《江上值水如海势聊短述》有句："老去诗篇浑漫與，春来花鸟莫深愁。"漫與，何谓也？與，或作興，然乎否耶？

仇注："浑，皆也。漫，徒也。"又云："黄鹤本，及赵次公注，皆作漫與。《韵府群玉》引此诗，亦作漫與。王介甫诗，'粉墨空多真漫與'；苏子瞻诗，'袖手焚笔砚，清篇真漫與'。皆可相证。诸家因前题《漫興九首》，遂并此亦作漫興。按上联有'句'字，次联又用'興'字，不宜叠见去声。"

俞樾《茶香室丛钞》引朱彝尊《静志居诗话》云："在杜子美集有漫與五绝九首，又七言云'老去诗篇浑漫與，春来花鸟莫深愁'。浑漫與者，言即景口占，率意而作也。自元以前，无有读作漫興者，迨杨廉夫作漫興七首，而世之人遂尽去杜集之旧，易與为興矣。"此说是也。[1]

丧家狗

杜诗："昔如纵壑鱼，今如丧家狗。"丧家狗，典出《史记·孔

[1] 今"與"已简化为"与"，"興"简化为"兴"。

子世家》："郑人或谓子贡曰：'东门有人，其颡似尧，其项类皋陶，其肩类子产，然自要以下不及禹三寸，累累若丧家之狗。'子贡以实告孔子。孔子欣然笑曰：'形状，末也。而谓似丧家之狗，然哉！然哉！'"此丧字应作平声读，抑应作去声读耶？

《群书札记》："《瓮牖闲评》：'《家语》，"累累然若丧家之狗"。丧字当作去声，言失家之狗耳。故苏东坡诗云"惘惘可怜真丧狗"，是矣。而元微之诗乃云"饥摇困尾丧家狗"，又却作平声用，何也？'按：王肃注'丧家狗，主人哀慌，不见饮食，故累然不得意'。孔子生于乱世，道不得行，故累然，是不得意之貌也。《韩诗外传》：'丧家之狗……既敛而椁，布器而祭，顾望无人，意欲施之。'丧字作平声读。惟孔颖达《春秋正义序》，'虚叹衔书之风，乃似丧家之狗'，丧字作去声读，不得执此而议彼也。"

按，丧字本可有两种读法，意义迥然有别。世家丧家之狗，依王肃注读平声，近是。杜诗以丧家狗对纵壑鱼，就意义而论，似宜作去声。

不是烦形胜，深愁畏损神

《上白帝城二首》的第一首，前四句写景，后八句感怀，最后两句"不是烦形胜，深愁畏损神"作何解？

傅东华注《杜甫诗》二〇三页云："言若徒深愁而不籍形胜以自解，则恐损神耳。旧注以烦为烦厌之烦，则与前'一上一回新'句不合矣。"此说恐非。第一，因"一上一回新"故"不是烦形胜”，意义连贯，并无不合。第二，烦字不作厌解，当作何解？傅说对此点无交代。

杜诗《江畔独步寻花七绝句》有云“不是爱花即欲死，只恐花尽老相摧”，其句法可供参照。“不是……”是否定，“只恐……”是肯定。“不是烦形胜”，《杜诗镜铨》注“言形胜非不可喜”，仇注云“我非厌烦此间形胜”，似均不误。

平心而论，此两句不佳，不但意义嫌晦，构想亦殊平庸。《杜诗集评》引李因笃批语云：“畏损神三字李本抹云‘凑而混’。”凑而混者其实不只此三字。

天子呼来不上船

《饮中八仙歌》写李白“天子呼来不上船”，船即是舟船之船，一般均如此解释。

元人熊忠撰《古今韵会》，据云“衣领曰船”。明人张自烈撰《正字通》，据云“蜀人呼衣系带为穿，俗因改穿作船”。似此船字乃另有解释。

《钱笺杜诗》曰：“玄宗泛白莲池，命高力士扶白登舟，此诗证据显然。注家谓‘关中呼衣襟为船；不上船者醉后披襟见天子也’。穿凿可笑。赵次公云：‘白在翰院被酒。扶以登舟，则竟上船矣，非不上船也。’此尤似儿童之语。夫天子呼之而不上船，正以扶曳登舟状其酒狂也。岂竟不上船耶？”《钱笺》是也。

偶阅国语日报副刊《书和人》第二二〇期（一九七三年九月廿九日），罗锦堂先生讲《英文本中国文学史初探》，评及柳无忌著《中国文学概论》，说到“不上船”的问题：

“上船”两字，一般人都根据范传正的李公新墓碑，说是玄宗泛舟，李白不在，因而命高力士扶李白登船。……我觉得这种说法不太妥当，因为李白明明是上船了，为什么说“不上船”呢？根据荥阳县志卷十四提到人的鞋底就叫船。此外,《韵会》说：“衣襟谓之船。”《正字通》说：“衣领谓之船。”我们现在不讨论“船”到底是指鞋子、衣襟，或衣领，但“不上船”是表示衣服没有穿整齐的意思，而不是指真的船。

罗先生的主张似是没有脱离赵次公的窠臼与《韵会》《正字通》的别解。《钱笺》未被驳倒之前，船字似以仍从正解为妥。

藤轮

《赠王二十四侍御契》：“长歌敲柳瘿，小睡凭藤轮。”（鲍照诗：“花蔓引藤轮”。）藤轮，何物也？蔡梦弼以为是车轮，人焉有凭车轮而睡者？王洙以为是蒲团，未闻有以藤制团者。仇兆鳌以王说为是。施鸿宝（保）《读杜诗说》认为皆非：“疑即藤枕，今犹有之，以其体长而圆故称为轮。”其实藤枕固今犹有之，但以其长而圆而称为轮则甚牵强，轮非长而圆者也，且凭枕而睡事属寻常，了无诗意，与上句“敲柳瘿”不相称。

疑宜就字面解释，无需更进一层。藤轮即是藤干蟠曲之作轮形者，轮者，圆圈也。老藤近根之巨干多作轮形，故藤轮即藤之干。敲柳瘿而长歌，凭藤轮而小睡，诗意亦相称。

剑外

杜诗《闻官军收河南河北》一首是众所熟知的，有人对第一句“剑外忽传收蓟北”中之“剑外”二字发生疑问。剑是剑阁，或剑门，剑外系何所指？是指剑南，还是指剑北？二说似皆可通。“剑外忽传……”可以解为剑阁以南一带正在传说，也可以解为收蓟北的消息正在从剑北长安方面传了过来，但究何所指则颇费思量。

按剑门天险，抗战期间我曾途经其地，是自广汉穿过剑阁而入汉中的必经之地。李白《蜀道难》所谓“剑阁峥嵘而崔巍，一夫当关，万夫莫开……”，确是形容尽致。我因为汽车抛锚，在县城外一小茆店留宿一夜，印象益为深刻。李白诗《上皇西巡南京歌》有“剑阁重关蜀北门”之句。剑阁实乃蜀之北门。蜀地难攻易

守，剑门之险阻乃其原因之一。《晋书·张载传》："太康初，至蜀省父，道经剑阁，载以蜀人恃险好乱，因著铭以作诫……益州刺史张敏见而奇之，乃表上其文，武帝遣使镌之于剑阁山焉。"这《剑阁铭》我是读过的，虽然没有看过山上的镌刻。铭里有这样的句子："惟蜀之门，作固作镇，是曰剑阁。"凡此可见剑阁是蜀之北方门户，所以拒外人之南侵，而非秦地之人在此设险以防蜀人之北犯也。

杜甫作此诗时在梓州，即今之梓橦一带，剑阁即在梓橦之东北，诗作于广德元年。杜甫在此地听到剑北传来捷报，所以才涕泪满衣裳。捷报是从河南河北传到长安，再由长安传到剑南。剑外传来的消息使得剑南的人闻之大喜若狂，这不是很自然的么？

再举一例以为旁证。号称天下第一关之山海关，据《读史方舆纪要》云："渝关，一名临渝关，亦曰临闾关，今名山海关……明初以其倚山面海，故名山海关，筑城置卫，为边郡之咽喉，京师之保障。"山海关虽然是通往东三省之咽喉，但是其建立实乃是为了"京师之保障"，不是为了东北之保障，俗语说"少不出关，老不入川"，出关，出山海关也。到关外去，是出了山海关到东北去也。关外指东北，因为山海关屏障京师，站在京师的立场上说话，关外当然是指东北了。杜甫身在蜀地，所谓剑外似乎当然是指剑门以北长安一带了。

苏东坡《满江红·寄鄂州朱使君寿昌》："君是南山遗爱守，我为剑外思归客。对此间风物岂无情，殷勤说。"他也使用"剑外"一语，不知他是否袭用杜甫诗中"剑外"二字。按东坡写此词时是在黄州，和杜甫之身在四川不同。东坡所谓剑外，可能是指剑南，其意若曰"我是四川人，想回四川去"，但亦可能是说自己现在是流落在剑门山以外的人，所以想回家乡去。剑外泛指任何剑门山以外之地，不知孰是。

登幽州台歌

陈子昂《登幽州台歌》："前不见古人，后不见来者，念天地之悠悠，独怆然而涕下！"所谓"前不见古人，后不见来者"，不是自我夸大以空前绝后自许，重点在一"见"字。盖谓人生短暂，孤另另的一橛，往者不及见，来者亦不及见，平夙混混（浑浑）噩噩，无知无觉，一旦独自登台万虑俱消，面对宇宙之大，顿觉在空间时间上自己渺小短促得可怜，能不怆然涕下乎？这正是佛家所谓的"分段苦"。

《文学世界》（香港笔会出版）第二十六期有《陈子昂诗评价》一文，引述李沆的评语："先朝之盛时既不及见，将来之太平又恐难期，不自我先，不自我后，此千载遭乱之君子所共伤也。不然，茫茫之感，悠悠之词，何人不可用？何处不可题？岂知子昂幽州之歌，即阮公广武之叹哉！”又加按语曰：“余按阮籍登广武城观楚汉战处，叹曰：‘时无英雄，使竖子成名。’所谓竖子，盖指司马氏也，今子昂幽州之歌，其心目中之竖子，武氏也。”以悲歌慷慨之杰作，解释成为私人遭乱感伤之词，所见者小矣。

子昂感遇诗三十八篇，有“闲卧观物化，悠悠念无生”，“幽居观大运，悠悠念群生”，“大运自古来，旅人胡叹哉”，及其他类似之句，皆俛仰今古惆怅生悲之意，可参阅也。

《中国语文》第三十四卷第五期载友人刘中和先生演示《登幽州台歌》，全文如下：

唐朝初年，四川人陈子昂（六五六—六九八）十八岁才开始读书，独自力学，自己觉得学有成就了，去首都长安。见有人卖胡琴，要卖百万钱；许多贵人名士都围着观看，陈子昂用一千贯买下来。大家都惊异地问他，他约好明天在某酒楼，大诗人都常去的地方，表演胡琴。明天，大家都到了，陈子昂一口四川土腔，慷慨激昂地说：“在下四川陈子昂，有诗文百首，分赠各位欣赏。胡琴乃是贱工的事，我怎能表演？”当场把胡琴打碎，把诗文分送各人。大诗人们一见陈子昂的作品，大为惊骇钦佩，从此陈子昂名满长安。

那时大诗人有杜审言、宋之问、王勃、骆宾王等等，都作浮华的诗。而陈子昂所作都是古朴高劲，内容深厚的；火候骨力，都在当时一般大诗人之上。因此他内心感到很寂寞很苦闷，竟找不到一个同等笔力的诗人做朋友，可以互相倾心吐胆畅谈。在陈子昂以前，只有汉魏诗人，如曹操父子，和建安年代的七位诗人，被称为“建安七子”的，诗的风骨高古，是陈子昂所崇仰的。建安之后，数百年来，诗风一直走向浮华，往往言之无物，陈子昂最为厌恶，古人既已远不可见，无法相会相谈，而当今之世，只有自己一人。再向以后年轻的一辈看看，却又不见有后起之秀追踪上来。晚一辈的诗人，也多半走向新浮华派；虽然有古体诗人张九龄，但他比陈子昂又小二十多岁，还未成熟。有一位比陈子昂更高的古体派诗人，和陈子昂意见作风一致的，那就是李白；而李白却出生于陈子昂死后三年，二人不得相见，多么遗憾！

一次，他在北平附近的幽州台上登高，面对着广阔无边的天和地，天和地又只向时代缴白卷，没有献出更伟大的诗人。他又触发了自己的感伤：自己一死之后，高古的诗风就将断绝，无人继响。于是他高声吟诵出来一首创作：

前不见古人，后不见来者；

念天地之悠悠，独怆然而涕下。

以往的人读这首诗，把者字读 zhǎ，下字读 xiǎ，以便押韵。这首《登幽州台歌》，最重要的就是一个“独”字，多么孤寂！从另方面说，也可见陈子昂此人多么高傲。但他死后有李白，又有韩愈，都很崇仰他，他确不愧为初唐第一诗人。

刘先生把陈子昂的悲哀的缘由解释成为“自已一死之后，高古的诗风就将断绝，无人继响”。案子昂虽然恃才傲物，可能有类似杜审言“恨不见古人”的自负的想法，但何至于前不见古人呢？我不能无疑。

陶渊明『室无莱妇』

萧统《陶渊明传》:“其妻翟氏亦能安勤苦，与其同志。”李延寿《南史隐逸传》:“其妻翟氏，志趣亦同，能安苦节，夫耕于前，妻锄于后云。”皆谓翟氏安贫，与其夫志同道合。

读陶作《与子俨等疏》:“余尝感仲儒贤妻之言，败絮自拥，何惭儿子？此既一事矣。但恨邻靡二仲，室无莱妇，抱兹苦心，良独内愧。”所谓“室无莱妇”，言自己没有像老莱子之妇那样的贤妻。刘向《列女传》:“楚老莱子逃世，耕于蒙山之阳。……楚王欲使守楚国之政。妻曰：‘妾闻之，可食以酒肉者，可随以鞭捶；可授以官禄者，可随以铁钺。今先生食人之酒肉，受人之官禄，此皆人之所制也。居乱世而为人所制，能免于患乎？’老莱子遂随其妻至于江南而止。”是翟氏之贤不及莱妇，而陶公黾俛辞世，乃是自作主张，以至于使子等幼而饥寒，“抱兹苦心，良独内愧”也。

妻而能安勤苦，自非易事，翟氏之“夫耕于前，妻锄于后”可能亦是事实。若谓其志在固穷，与其夫同其志趣，恐未必然。传陶公者见陶氏夫妇躬耕乡里，遂信笔及于翟氏，不吝称其苦节耳。萧统《陶渊明传》：“公田悉令吏种秫，曰：‘吾尝得醉于酒足矣！’妻子固请种粳，乃使二顷五十亩种秫，五十亩种粳。”是翟氏较渊明为达事处。先生但求有酒，主妇不能不顾一家之食。似不应因此遂兴“室无莱妇”之叹。

《咏贫士》七首，显然是先生自况，其七云：“年饥感仁妻，泣涕向我流。丈夫虽有志，固为儿女忧。”言妻子饥寒，泣涕直流，但未能挠其志，而丈夫志在固穷，但亦不能不为儿女忧。妻不挠夫之志，可敬之至，但不能禁其泣涕直流；夫不为妻所累而改其志，但衷心亦不能不为儿女忧。夫耕于前，妻锄于后——是一幅美丽图画，不知二人心中亦正各有所感，不足为外人道也。先生诗乃直言“丈夫虽有志，固为儿女忧”，道出先生心事，是先生率真可爱处。一说“丈夫虽有志……”二语乃妻子语，恐非。丈夫犹言君子，非妻对夫之称。

五斗米

陶渊明为彭泽令，郡遣督邮至县，县吏说应束带见之，陶叹曰："我不能为五斗米折腰向乡里小人！"即日解印绶去职，赋《归去来》。这一段事各传都有记载，字句偶略有出入。五斗米一向被认为是指县令之俸禄而言。

近阅坊间翻印《中华艺林丛论》第七册二三五页有《读陶偶记》一文，据悉作者为张宗祥，对于"五斗米"一词有不同的解释，其言曰：

按晋代官制，县令六百石，列第七品。即为小县，俸禄亦不止此数，盖即以五斗米为一日之俸，月仅十五石，年仅一百八十石，距六百石之数尚远也。且渊明……所言因贫求为县令，且思任满一年然后去职，无非急于救穷。如果令俸仅止五斗，安能有所补益？盖晋时衡量每斗仅合现在三升有奇，五斗实仅抵现在一斗六七升而已。且彭泽虽小县，渊明虽为版授之官，亦不合所得俸禄，与当时官制相差甚远。然后人叙此事皆以渊明为高尚，故舍官禄而去。……考晋代崇尚黄老，笃信服食，道教风行，盛极一时。当时士族，归之者众，即王羲之辈亦为其中信徒之一。五斗米者，实即汉末蜀中张氏之徒所奉教名，而非官俸之数。渊明出身寒门，习于劳苦，幼宗儒家之说，佛道二家，皆所深嫉。以远公名德，破戒置酒相邀，尚且不入莲社，则道教支流之五斗米教，渊明之不愿趋侍明矣。意者督邮实此教信徒，故渊明深恶而痛嫉之，且斥为乡里小人乎？

依此新解，渊明解印绶去职不是为了官微俸薄犹须趋事乡里小儿，是因督邮乃一五斗米道之信徒。似此尚不能无疑。首先，东汉张陵在蜀学道，从学者出五斗米，因号五斗米道，亦称米贼。我们于此应该注意：就文义而言，我们可以说渊明不能向信仰五斗米道之信徒（或米贼）折腰，或简说不能为五斗米道折腰，亦尚无不可，却不可以说为五斗米折腰。因为五斗米乃信徒向教主所缴纳之物，并非是“汉末蜀中张氏之徒所奉教名”。严格从字面上讲，“不能为五斗米折腰”，依此新解岂不是说“不能为了缴纳区区五斗米折腰”了么？督邮为郡之佐吏，犹今之视察。渊明自视甚高，屈为县令，在他眼里这位顶头上司派来的视察专员

遂被形容成为乡里小儿。不怕官，就怕管，这位督邮是正管着他的。至于这位督邮是不是信仰五斗米道那样的邪教，我们就不得而知了。谁要说他是，谁就该举证。纵然他是信五斗米道，这是他的愚蠢，与他的执行视察的职务无关。何况五斗米道顶多算是道教支流，以为病家祷祝为名，成为地下的一种帮会，终乃纠众作乱，与魏晋时代风靡士大夫的黄老清谈根本不可同日而语，渊明纵然不喜佛道（事实未必然），又何至于对于这些市井俗吏深恶痛嫉？我很怀疑五斗米可否解释成为信奉五斗米道之人，更怀疑那位督邮是否五斗米道的一分子。

孟浩然《京还赠张维》诗：“欲循五斗禄，其如七不堪。”上句指陶渊明的故事，下句引嵇康《与山巨源绝交书》的典故。难道孟夫子也是把五斗米错认为五斗禄？五斗禄显然是指俸禄微薄的小官。五斗，盖言其微少，并不实指俸禄之数额。文字有时夸张，大者说得特别大，小者说得特别小，如是而已。官再小，其俸禄也小不到五斗米之数。

与五斗禄相似的其他名词在文学作品里也常见，例如，《后汉书·郭泰传》：“林宗曰：‘大丈夫焉能处斗筲之役乎？’”若一定说斗是十升，筲是一斗二升，岂不甚凿？韩愈《祭十二郎文》：“故舍汝而旅食京师，以求斗斛之禄。”韩文公俸给所得真的是一斗一斛？苏东坡《上枢密韩太尉书》：“向之来，非有取于斗升之禄。”也是极言其微罢了。

五斗既是形容其微薄，为什么偏要说“五”？也许是因为五乃中数，五乃阳数，说起来便当吧？

金缕衣

杜秋娘诗："劝君莫惜金缕衣，劝君惜取少年时。花开堪折直须折，莫待无花空折枝。"此诗浅显而有味，收在《唐诗三百首》里，流传很广，其意义不需解释。

杨牧先生在三月号《中外文学》里有《惊识杜秋娘》一文，对此诗提出一个新的解释，以为"金缕衣不是活人无端穿着的锦衣，而是死人穿着的寿衣"！他说："'纨与素'是可以穿戴游戏的，金缕衣却惟有人死以后才贴身穿在尸体上，以为可以保存尸体之不朽。一九六八年河北满城发掘西汉中山靖王刘胜及其妻子窦绾的两座古墓，用黄金制成的丝缕缀联而成，故亦称'金缕玉衣'，以之包扎尸体上下，四肢五官部位，宛然可辨。出土的两套金缕衣，一长约一八八厘米，一长约一七二厘米，从图片上看来，确是金光灿烂之物。”显然的，杨牧先生之所以作此新解，是由于金缕衣出土而获得启示。

事实上，所谓“金缕玉衣”，《后汉书》已有相当详细的记载：“汉旧仪曰：‘帝崩……以玉为襦，如铠状，连缝之，以黄金为缕。腰以下以玉为札，长一尺，广二寸半，为柙，下至足，亦缝以黄金缕。’”据此则玉襦以象铠甲，匣即象铠甲之札，所谓甲叶也。金缕玉柙原是帝王裹尸之物，后来没有帝王身分的人，甚至如宦官之类也有僭用的，这在历史上也有记载。大陆出土之物当然很有价值，让我们可以看到古帝王的一种排场。惟此“金缕玉衣”是否杜秋娘所指的“金缕衣”，不无可疑。

白居易《秦中吟·议婚》诗：“红楼富家女，金缕绣罗襦。”指活人穿的衣裳。杜工部《哭严仆射归榇》“风送蛟龙匣”，苏东坡诗《薄薄酒》，“珠襦玉柙万人相送归北邙”，龙匣玉柙则是指死人穿的衣饰。死人穿的那种全套衣饰不称为“金缕衣”，只能称为“金缕玉衣”或“金缕玉柙”或“珠襦玉柙”。《红楼梦》第三回，“（凤姐）身上穿着缕金百蝶穿花大红云缎窄裉袄”，想缕金也就金缕之意。金缕状华丽富贵。金缕不仅用以缝衣，也可以制其他物件，例如李后主词《菩萨蛮》，“刬袜步香阶，手提金缕鞋”，是鞋可金缕。《邺中记》，“石虎时著金缕合欢袴”，是袴可金缕。《古诗为焦仲卿妻作》，“流苏金缕鞍”，是鞍可金缕。故金缕衣仍即是活人穿的金缕衣。

传法偈

偶读明代高僧憨山大师文集，他屡次提到毗舍浮佛传法偈。他说当初黄山谷以书法及诗作名天下，很多人来求墨宝，他不大写他自己的诗，他最爱写的是这一首传法偈。偈云：

假借四大以为身，
心本无生因境有，
前境若无心亦无，
罪福如幻起亦灭。

黄鲁直如此推崇此偈，其中必有深意。从字面上看，好像并无什么奥秘，不外是普通的佛家说教，“但欲空诸所有，不愿实诸所无”。可是仔细钻研了几年，自以为除了一点点粗浅的了解之外也还不能无疑。

第一句没有什么困难，熟读金刚般若波罗蜜经，便可明白四大皆空的道理。人之大病在于有身，其实此身并非实有，不过是地、水、火、风四种原素的组合。《圆觉经》：“我今此身四大和合。所谓发毛爪齿皮肉筋骨髓脑垢色，皆归于地；唾涕脓血津液涎沫痰泪精气大小便利，皆归于水；暖气归火；动转归风。四大各离，今者妄身，当在何处？”《璎珞经》：“四大有二种，一有识，二无识。”有识即是指身内之四大，无识指身外之地水火风。人在物故之后，此身之四大和合不复存在，分别归于四大，这道理非常清楚。但是一息尚存之际，即难不有物我之分，耳之于声，目之于色，肌肤之于感触，在在皆足以提示此身乃我之所属有。若说这是“妄身”，那也只有在“四大各离”之后才能有此想法，而我们知道在“四大各离”之后，便什么想法也没有了！没有实，也没有妄！不过若说此身的存在时间有限，早晚归于四大，不能长久存在，这当然是无可否认的事实。

人除了身之外，还有心。心不是四大和合的产品，可是我们能思维，有喜怒哀乐，好像随时可以证明心的存在是确实不虚的。偈云“心本无生因境有”，如何解释呢？这一疑问困扰了我好几年。读佛学书困难之一是其术语很多，有时涵义亦不一致，故难索解。翻汉英佛学辞典，发现“无生”可以译为 immortal，我这才自以为恍然大悟。翻译时常能帮助我们理解原文，因为译文是经过咀嚼的，可能是冲淡了的，可是容易消化吸收，“无生”

二字在此应做（作）为形容词。有生即有死，无生即无死。心原是无生无死的。佛学上所谓“无生法忍”，所谓“明心见性”，我彷佛都可以明白是怎样一回事了。“因境有”三字又作何解？我们常听说，“境由心生”，现在怎么又说“由境有心”呢？我想，这个“有”字大概是“无生”中的“无”字之对。immortal 又变成为 mortal 了，于是遇境则七情六欲种种颠倒妄想纷然而生，此境一旦幻灭不复存在，则此心仍恢复其本来湛然寂静的状态，即所谓“需加勤拂拭，莫使染尘埃”了。《金刚经》：“一切有为法，如梦、幻、泡、影，如露亦如电，应作如是观。”即是“罪福如幻起亦灭”的意思。

悬记

“悬记”是佛家语，犹言“预言”。所贵乎预言者，必须事后证明其言不诬，言而不中则适见其鄙。

大莲华经大士悬记正法兴替住灭，略曰：

“南阎浮提释迦佛教法住世，原有五千五百年之因缘。因度女人减五百年。释迦佛出世时，人寿八十岁，后每过百年，减寿一岁，至人寿五十岁时，战争叠起，风俗浇薄，毁坏佛说经典，塔婆制多，城池堡垒亦多撤毁。天魔恶神，威势炽盛。天运无常，晴雨不时。五谷不登，饿殍遍地。疾疫时作，人不自主。兄弟相讼，母女相猜。女人多不贞良，小儿不受约束……”

此一悬记问题甚多。佛的教法住世只有五千五百年之因缘，因度女人而减五百年，说甚离奇。而关于人寿云云，现可证明其说与事实不符。佛出世时人寿八十，后每百年减寿一岁，千年之后减无可减，人种不灭绝耶？现在事实证明人类平均年龄是在延长，未见其缩短。大士奈何作此妄语？

竹林七贤

《水经注·清水》："魏步兵校尉陈留阮籍，中散大夫谯国嵇康，晋司徒河内山涛，司徒琪琅邪王戎，黄门郎河内向秀，建威参军沛国刘伶，始平太守阮咸等，同居山阳，结自得之游，时人号之为竹林七贤。"

《世说新语·任诞》："陈留阮籍、谯国嵇康、河内山涛，三人年皆相比，康年少亚之。预此契者，沛国刘伶、陈留阮咸、河内向秀、琅邪王戎。七人常集于竹林之下，肆意酣畅，故世谓竹林七贤。"

何启明先生著《竹林七贤研究》，对于七贤事迹考证綦详，洵为最新之佳构。何先生在《前言》云："竹林七贤，名属后起；竹林之事，亦难信真。”又曰：“竹林之事，既初传于晋世中朝以后，初非七贤生时之本有……而山阳故居，亦本无竹林。竹林诸人但如建安之七子，正始、中朝之名士，不过后人一时意兴所至，聊加组合耳。”结论曰：“竹林之事为后所造作。”此一论断似甚正确。不过何先生也承认“七贤生时固有所交往遇合也”，否则后人亦不可能加以组合。

关于竹林，陈寅恪先生曾经有说。陈文我未读过，杨勇先生《世说新语校笺》（一九六九年十月初版）页五四八转引陈先生文曰：“竹林七贤，清谈之著者也。其名七贤，本论语贤者避世，作者七人之义。乃东汉以来，名士标榜事数之名，如三君、八厨、八及之类。后因僧徒格义之风，始比附中西而成此名；所谓‘竹林’，盖取义于内典（Lenuvena），非其地真有此竹林，而七贤游其下也。《水经注》引竹林古迹，乃后人附会之说，不足信。”陈先生博览群籍，时有新解，此其一例也。此处 Lenuvena 一词系误植，应为 Venuvena，梵文“竹林精舍”之意，音译为鞞纽婆那。

案《卫辉府志》：“竹林寺在县西南六十里，旧为七贤观，后改为尚贤寺，又改今名，即晋七贤所游之地。”云云。这是沿用《水经注》之说，不过标出了“竹林寺”之名，案晋时洛阳即有竹林寺，与内典所谓“竹林精舍”似相暗合。杨勇先生《世说校笺》认为“陈说有见”，从而论断曰：“竹林为一假设之地”。并且更进一步，根据“《文物》一九六五年八月期，有南京西善桥晋墓砖，刻竹林八贤图，则有嵇康、阮籍、山涛、向秀、刘伶、阮咸、荣启期等八人”，从而论断曰：“七贤、八贤亦一通名耳。”（八贤只举七人，王戎未列入。）晋砖之发现，饶有

趣味，惟七贤之外加入荣启期，则事甚离奇。荣启期，春秋时人，与七贤相距约有千年，何以于隐逸高贤之中独选荣启期，与七贤并列，似嫌不伦。荣启期之为高人，吾人并无间言，其事见《列子·天瑞篇》。“孔子见于泰山，问曰：‘先生何乐也？’对曰：‘吾乐甚多。天生万物，唯人为贵，而吾得为人，是一乐也。男女之别，男尊女卑……吾既得为男矣，是二乐也。人生有不见日月、不免襁褓者，吾既已行年九十矣，是三乐也。贫者士之常也。死者民之终也。”居常以待终，何不乐也？这一段记载，写出荣启期之旷达，跻于八贤之列，自无愧色，惟冠以竹林字样，一似与七贤亦有交往者，斯可怪耳。

竹林也好，竹林寺也好，黄河流域一带可以有竹林则为不争之事实，晋戴凯之《竹谱》以为竹之为物“九河鲜育，五岭实繁”，实非笃论。远至北平西山八大处，亦有竹林可以供人啸傲其间，何况河洛？“竹林”二字久已成为隐逸之代名词，所以竹林七贤、八贤之说，亦不必拘泥字面多所考证矣。

寒梅着花未

《中国文学史论集》卷一刘延涛先生作《王维》，有这样一段话：

维二十一岁举进士，调大乐丞，从此开始作官，直至尚书右丞。弟缙，更是官运亨通。维虽然在五十六岁时陷贼，但仍获优遇。事后也未遭受严厉处分。陷贼以前，他生活在大唐盛世，贼平以后，弟弟的官作得更大了。他这样的家庭环境，时代背景，对于民间疾苦和社会黑暗方面的体认，当然没有杜甫那样深刻。但像刘大杰在《中国文学发展史》内说他对于民生漠不关心，则是重大的错误！刘氏引了他一首杂诗："君自故乡来，应知故乡事。来日绮窗前，寒梅着花

> 未？”便说他“见了乡人，不问民生的疾苦，不问亲友的状况，只关心到窗前的梅花，可知这派诗人，除了他个人以外，对于现实的社会，是完全闭着眼了！”……实在责备的太过。我可以说在我们的历史上从没有不关心人民疾苦而能成为伟大诗人的！我们读王维的诗，有很多地方是对社会不平现象而发议论的。如……都充分暴露贵族的奢华与民生的憔悴，而造词则极其婉约。

刘延涛先生之言，是也。刘大杰的《中国文学发展史》在坊间一般中国文学史中算是比较好的之一，不过他批评王维也堕入了一般庸俗的邪见，以为凡是文学作品皆应千篇一律的反映民间疾苦，否则便是无视于现实社会。殊不知文学范围很广，社会现象复杂，文学创作不能限于某一单独题材。我们评论作家，也不应单凭一首小诗来论定作者全部的性格。

单就这一首杂诗而论，也有可以研讨的地方。一首诗，作于何年，作于何地，有无本事可考，都是很重要的。赵松谷笺注《王右丞集》，谓“叙诗之法，编年最上”是有见地的话，可惜，“拟欲编年，苦无所本”。赵注《王右丞集》卷十三杂诗共列三首，是否同时同地所作，不得而知。细绎三首内容，又好像是不无关联。因此我猜想，王维这首小诗也许不是自抒乡思，而是揣摸远客心理，发为关切家乡的殷勤问讯。案王维太原人，其父徙家于蒲，遂为河东人（见刘昫《唐书本传》），王维一生足迹所至未出京兆、济州、凉州、洛阳一带，都是属于寒冷的北方。北地也有梅花，究竟是盛于江南江北。《梁书·何逊传》：“何逊作扬州法曹，廨舍有梅花一株，花盛开，逊吟咏其下。后居洛思梅花，再请其往从之。抵扬州，花方盛，逊对花彷徨终日。”是旅居北地之人萦怀家乡之梅花，甚至千里迢迢专诚访视，已成为历史上的佳话。王维此诗，我猜想是代一个旅居北地的人透露其怀念江南家乡的情思。杂诗之另一首：“家住孟津河，门对孟津口，常有江南船，寄书家中否？”同样的是写寄居北地的江南人的乡思。故乡是指江南，而王维的故乡不是江南。

假如我的猜想不错，即使这首小诗不是自摅胸臆，而是假托虚构，我们依然可以问：客自故乡来，为什么不问别的，单问窗前的寒梅着花未？王维写此诗是在什么年代固无从考证，据《唐书本传》，代宗好文，于王维故后对他的弟弟王缙说：“卿之伯氏，天宝中，诗名冠代，朕尝于诸王座闻其乐章。今有多少文集，卿可进来。”王缙说：“臣兄开元中诗百千余篇，天宝事后，十不存一。”很可能这首小诗作于开元中。王维陷贼是在天宝十五载，时王维五十六岁，他六十一岁便死了。是此诗作于比较太平的时期，大概是可能的。他不可能问出“来日朱门前，有无冻死骨”之

类的话。再说，诗不比闲话散文，要特别讲究情趣格调。《四友斋丛说》：“五言绝句当以王右丞为绝唱”，评价实在很高。五言绝句，局面很小，容不下波澜壮阔的思潮，只好拈取一星半点的灵机隽语，既不可失之凝滞，亦不可过于庄严。像王维这首杂诗，温柔潇洒，恰如其分，不愧为绝唱。凡是有过离乡羁旅的经验的人，谁不惦念其家园中的一草一木，人情所系，千古无殊。

一位作者的气质永远是多方面的，说他是田园诗派，他有时也神游八表；说他是隐逸一流，他有时也表露用世的雄心，似不宜轻加类别。王维有《请回前任司职田粟施贫人粥状》一文，见《右丞集》卷十八，似常为读者所忽略，如今读之想见王维对于现实社会并非“完全闭着眼”——

> 右臣比见道路之上，冻馁之人，朝尚呻吟，暮填沟壑。陛下圣慈怜愍，煮公粥施之，顷年以来，多有全济。至仁之德，感动上天，故得年谷颇登，逆贼皆灭，报施之应，福佑昭然。臣前任中书舍人给事中，两任职田，并合交纳，近奉恩敕，不许并清。望将一司职田，回与施粥之所，于国家不减数粒，在穷窘或得再生，庶以上福圣躬，永宏宝祚。仍望令刘晏分付所由讫，具数奏闻，如圣恩允许，请降墨敕。

王维愿把他所得的两份京官的“职分田”捐出一份作为施贫人粥之用。千载而下，读之犹感仁者之所用心。至于他晚年屏绝尘累，以禅诵为事，自谓“晚年惟好静，万事不关心”，那是另一回事，兹不赘。

管仲之器小哉

以前在一张国语日报上偶然看到一位胡坤仲先生写的《管仲之器小乎》一文，他说起高一国文第十二课司马光的《训俭示康》有“管仲镂簋朱纮，山节藻棁，孔子鄙其器小”一语，当时学生提出质问：“管仲那么奢侈，孔子怎么说他器量狭小？”这一问把胡先生问得愣住了。

《论语·八佾》：“子曰：‘管仲之器小哉！’或曰：‘管仲俭乎？’曰：‘管氏有三归，官事不摄，焉得俭？’‘然则管仲知礼乎？’曰：‘邦君树塞门，管氏亦树塞门。邦君为两君之好，有反坫，管氏亦有反坫。管氏而知礼，孰不知礼？’”孔子说管仲器小，是以俭与礼二事为证。在孔门哲学中，俭与礼都是极关重要的修身法门，所以子贡称赞孔子的美德是温良恭俭让，俭最要紧，由俭可以知礼，因为都是属于克己的功夫。管仲奢侈，有三个小公馆，生活糜费，所以孔子说他器小。所谓器，就是器量，也可解为器识。器有大小，非关才学。镂簋朱纮，山节藻棁，都是俭德有亏的明证。

何谓器小，何谓量大？于此有一旁证说明之。《魏志·文帝纪》注："若贾谊之才敏，筹画国政，特贤臣之器，管晏之姿，岂若孝文大人之量哉？"孝文是否大人之量，姑不具论。我们要注意的是，行文之间"贤臣之器"与"大人之量"是对等的名词。贤臣之器，管晏之姿，是比较小的。贤臣而器小，即管晏之辈也。

管仲不是一个简单的人，虽然在私人品德方面不无出入，在事功方面却颇有可称者。《论语·宪问》，子曰："桓公九合诸仲，不以兵车，管仲之力也。如其仁！如其仁！"九合诸侯（即纠合诸侯之谓），不用战争手段，谁能像他这样的仁！所谓仁，是指他之不用武力而能纠合诸侯这件事而言。孔子又说："管仲相桓公，霸诸侯，一匡天下，民到于今受其赐。微管仲，吾其披发左衽矣！"这是说管仲不比匹夫匹妇之短见，不肯自经于沟渎，留着自己的一条命为国家人民办大事，故不能说"管仲非仁者"。这也是就事论事，赞美管仲之事功而已，并不是泛论管仲之全部的人格，更没有说管仲是一个品学无亏的仁者。

太史公于《管晏列传》之篇末，另有一解，他说："管仲世所谓贤臣，然孔子小之。岂以为周道衰微，桓公既贤，而不勉之至王，乃称霸哉？"不辅弼桓公为帝为王，而乃以称霸为终极之目的，孔子之所以小管仲者盖在于此。这是司马迁的臆测，孔子未必有这种想法，看孔子对管仲的事功之极口称赞，便可知孔子必无是想。据《论语》所载，孔子小管仲，只是批评他的俭与礼方面的缺乏。司马光在《训俭示康》文中所涉及的管仲一事，显然的与司马迁的解释毫不相干。孔子鄙薄管仲之为人，并不抹煞其事功，月旦人物不是正应如此么？

四君子

梅、兰、竹、菊，号称花中四君子，其说始于何时，创自何人，我不大清楚。集雅斋《梅竹兰菊四谱·小引》云："文房清供，独取梅竹兰菊四君者，无他，则以其幽芬逸致，偏能涤人之秽肠而澄莹其神骨。"四君子风骨清高固无论已，但是初学花卉者总是由此入手，记得幼时摹拟《芥子园画谱》就是面对几页梅兰竹菊而依样葫芦，盖取其格局笔路比较简单明了容易下笔。其中有多少幽芬逸致，彼时尚难领略。最初是画梅，我根本不曾见过梅花树，细枝粗干，勾花点蕊，辄沾沾自喜，以为暗香疏影亦不过如是，直到有一位朋友给我当头一棒："吾家之犬，亦优为之。"从此再也不敢动笔。兰花在北方是少见的，我年轻时只见过一次，

梅
蘭
竹
菊

那是有人从福建“捧”到北方来的一盆素心兰，放在女主人屋角一只细高的硬木架上，居然抽茎放蕊，听说有幽香盈室（我闻不到），我只看到乱蓬蓬的像是一丛野草。竹子倒不大稀罕，不过像林处士所谓“竹树绕吾庐，清深趣有余”，对我而言一直是想像中的境界。所以竹雨是什么样子，竹香是什么味道，竹笑是什么神情，我都不大了解。有人说“喜写兰，怒写竹”，这话当然有道理，但我有喜怒却没有这种起升华作用的才干。至于菊，直是满坑满谷，何处无之，难得在东篱下遇见它而已。近日来艺菊者往往过分溺爱，大量催肥，结果是每个枝头顶着一个大馒头，帘卷西风，花比人痴胖！这时候，谁还要为它写生？

我年事渐长，慢慢懂了一点道理，四君子并非是浪博虚名，确是各自有它的特色。梅，剪雪裁冰，一身傲骨；兰，空谷幽香，孤芳自赏；竹，筛风弄月，潇洒一生；菊，凌霜自得，不趋炎热。合而观之，有一共同点，都是清华其外，澹泊其中，不作媚世之态。画，不是纯技术的表现，画的里面有韵味，画的背后有个人。画家的胸襟风度不可避免的会流露在画面之上。我尝以为，唯有君子才能画四君子，才能恰如其分表达出四君子的风骨。艺术，永远是人性的表现。唯有品格高超的人才能画出趣味高超的画。

刘延涛先生的四君子图，我认为实在是近年来罕见的精品，是四幅水墨画，不但画好，诗书也配合得好，看得出来是趁墨沈未干时就蘸着余墨题诗，一气呵成，墨色匀称。诗、书、画，浑然成为一体。四君子加上画家，应该是五君子了。画成于一九六三、一九六四年间，我最初记得是在七友画展中见到的，印象极深。如今张在壁上，我乃能朝夕相对，令人翛然心远，俗虑顿消。画的题识是这样的：

最是傲霜菊亦残，更无雁字报平安，
少年意气消沉尽，自写梅花共岁寒。

故园清芬久寂寞，滋兰九畹不为多，
殷勤护得灵根旧，我欲飞投向汨罗。

高节临风夏亦寒，虚心阅世始能安，
于今渐悟修身法，日日砚田种万竿。

篱下寄居非得计，瓶中供养更堪哀，
何如大野友寒翠，迎接霜风次第开。

一九七六年六月二十日，西雅图白屋

饮中八仙歌

杜工部《饮中八仙歌》，章法错落有致。吴见思《杜诗论文》：“此诗一人一段，或短或长，似铭似赞，合之共为一篇，分之各成一章，诚创格也。”王嗣奭《杜臆》也有同样见解：“此系创格，前无所因，后人不能学。描写八公，各极生平醉趣，而都带仙气，或两句，或三句四句，如云在晴空，卷舒自如，亦诗中之仙也。”前无所因，是真的；后人不能学，倒也未必。学尽管学，未必学得好耳。不过此诗也有几点问题在。

八仙是㊀四明狂客贺知章，㊁汝阳王琎，㊂左丞相李适之，㊃侍御史崔宗之，㊄中书舍人苏晋，㊅谪仙李白，㊆草圣张旭，㊇布衣焦遂。杜工部自己不与焉。《新唐书》说“白与贺知章、

李适之、汝阳王琎、崔宗之、苏晋、张旭、焦遂，为酒中八仙人”，是又一说。杜工部虽然也好饮酒，也被人泥饮过，并不以剧饮名，后来病气就索兴（性）停了酒杯。何况八个人和杜工部也并不全是属于同一辈分。此诗成于何年，固难确定，要之总是天宝之初。仇沧柱注：“按史，汝阳王天宝九载已薨，贺知章天宝三载，李适之天宝五载，苏晋开元二十二年，并已殁。此诗当是天宝间追忆旧事而赋之，未详何年。”所论甚是。至于范传正“李白新墓碑”所谓“在长安时，时人以公及贺监、汝阳王、崔宗之、裴周南等八人为酒中八仙”，则又是一说，无可稽考。无论八仙是怎个计算法，不能把杜工部计算进去。

八仙之中每个人酒量如何，也是一个问题。清嘉同年间施鸿保著《读杜诗说》，他说：“今按此诗于汝阳则言三斗，于李白则言一斗，于焦遂则言五斗。即李适之言‘日费万钱’，据《老学庵笔记》等书，言唐时酒价每斗三百钱，故公有‘肯来相就饮一斗，恰有三百青铜钱’之句。此云万钱，则日饮且三石余矣，虽不定是此数，然亦当以斗计也。独于张旭但言三杯，杯即有大小，要不可与斗较，岂旭好饮而量非大户耶？然与汝阳等并称饮仙，不应相悬若此，或杯字有误。”施鸿保所提问题不能说没有道理，惟于此我们应有数事注意。

首先所谓饮仙乃是着眼于其醉趣。尤其是要看在他醉趣之中是否带有仙气，并非纯是计较其饮量之大小。能牛饮者未必能成仙，可能不免于伧父之讥。所谓仙气，我想大概就是借酒力之兴奋与麻醉的力量而触发灵感，然后无阻碍的发挥其天性与天才。称之为醉趣可，称之为天性与天才之表现亦可。这是我们平素不容易看到的奇迹，所以称之为仙。至若烂醉如泥，形如死猪，或使酒骂座，或呕吐狼藉，则都是酒后丑态，纵然原是海量，亦属无趣。所以饮中八仙，量不相同，正无足异。惟所谓“日费万钱”，则须知李适之是左丞相，焉能日饮三石？所谓“费”，是指用于饮酒之钱。故仇注引：“黄布曰：‘日费万钱，饷客之用，皆出于此。’是也。”且人之酒量本有大小之不同，故酒曰“天禄”。我拍浮酒中者，也有五十余年，所遇善饮者无数，亲自所见最善饮者三五辈也不过黄酒三五斤耳。（已醉之后狂饮，可能不止此数。）文人之笔下，好事者之传说，时常夸大其辞，好像真有人能“长鲸吸百川”的样子。还有，酒与酒不同，要谈酒量必先确知其为何种之酒酿。如是醇醪，则不觉易醉，如是薄酒，多饮亦无妨。饮中八仙所饮何酒，我不确知。贺知章是会稽人，可能他所饮酒是秫制，秫即糯稻，可能即是今之黄酒。八仙虽根本未在一处饮宴，但诗中皆以斗为单位，这个斗字又是一个问题。斗若作为十升解，其容积为三百一十六立方寸，约合美国二点六四加仑，一斗酒是相当多，三斗五斗岂不更吓煞人？假如斗作为酒器解，虽然我们不知道这斗究有多么大，只知道其形如斗，好像这样解释就比较容易接受似的。《诗·大雅·生民之什·行苇》：“曾孙维主，酒醴维醹，酌以大斗，以祈黄耇。”可见大斗即是大杯，用以敬老。大斗不会是十升为斗的斗，老年人不可能喝下那么多的味道浓醇的酒。施鸿保的疑虑可能是多余的罢？

万取千焉，千取百焉

读《孟子》，开卷第一节就有一句看不甚懂。

“上下交征利而国危矣！万乘之国，弑其君者，必千乘之家；千乘之国，弑其君者，必百乘之家。万取千焉，千取百焉，不为不多矣。苟为后义而先利，不夺不餍。”大意当然很明白，是在言义利之辨，但是“万取千焉，千取百焉，不为不多矣”，这句话怎么讲？看了各家注释，还是不大懂。

《幼狮学志》第十三卷第一期有李辰冬先生一篇文章《怎样开辟国学研究的直接途径》，劝大家不要走权威领导的路，他的意思是不要盲目的信从权威，要有自己的真知灼见。假如权威人物的话是对的，我们当然要服从他的领导，但是权威不一定永远对。李先生举了几个例，其中之一正是我憋在心里好久的孟子这一句话。依李先生的见解，“自从赵岐注错以后，两千年来更改不过来”，宋朝孙奭的疏，朱熹的集注，清朝焦循的正义，皆未得要领。李先生认为：“解决这个问题很容易，只要把孟子书中所用的‘取’字作一归纳，看看孟子是怎样在用‘取’字，这几句话马上就释然了。”于是李先生翻《孟子引得》：“知道‘取’有两种意思，一作‘得’讲，一作‘夺’讲。”“万取千焉……”里的“取”字是作“夺”解。其结论是“万乘之国夺千乘之家，千乘之国夺百乘之家，这是上征利，正对上句‘万乘之国，弑其君者必千乘之家……’而言，这是下弑上。‘不为不多矣’……是指春秋战国时混乱的情形”。

我想李先生的解释大概是对的，因为这样解释上下文意才可贯通。所谓交征利，包括下与上争和上与下争两件事。李先生充分利用《引得》，决定“取”作“夺”解，其实“取”字本有此义。“取”字有好多意思，好多用法，在某处应作某种解释，就要靠读者细心体会，同时再参用李先生的统计法，就更容易有所领悟了。

但是我要指出另一点。孟子是有才气的人，程子说他“有些英气”，孟子七篇汪洋恣肆，锋利而雄浑，的确是好文章。不过并不是句句都斟酌至当无懈可击。像“万取千焉，千取百焉……”这一句就有毛病，至少是写得不够明白。李辰冬先生说，孟子原文“语义多么清楚”！这一点我不大同意。如果原文语义清楚，赵岐便不至于误解。即使赵岐误解，也早该有人指出，何至于“糊涂了两千年”？即使大家都迷信权威，到如今我们说明其真义也就罢了，又何必借重引得，排比资料，然后才能寻绎其意义？“万取千焉，千取百焉”这八个字确是含混，所以才使人糊涂了两千年。“不为不多矣”一句也不够清楚，到底是什么东西“不为不多”？是“万”不为不多，还是“千”不为不多，还是上征利的情形不为不多？原文没有交代清楚。

我们的古书常有因为文字过简而意义不清楚的地方，也有因为作者头脑有时未能尽合逻辑而意义含混的地方，我们不必为贤者讳。西人有句话：“就是荷马也有打瞌睡的时候。”（Even Homer nods.）

生而曰讳

顾炎武《日知录》卷二十四："生曰名，死曰讳，今人多生而称人之名曰讳。《金石录》云：'生而称讳，见于石刻者甚众。'因引孝宣元康二年诏曰'其更讳询'，以为西汉已如此。《蜀志》刘豹等上言'圣讳豫睹'，许靖等上言'名讳昭著'。《晋书》，高頵言：'范伯孙恂，恂率道名讳，未尝经于官曹。'束皙《劝农赋》：'场功毕，输租至，录社长，召闾师，条牒所领，注列名讳。'"又注："王褒洞箫赋，'幸得谥为洞箫兮'。李善注，'谥者能也'。能而曰谥，犹之名而曰讳者矣。"

案：生曰名，死曰讳，固为不易之论，但交接应对之际，自己称名则可，直呼对方之名则不可，言语中提及他人之时亦不宜简单的称名道姓，通常总要加上适当的尊称，这是一般人所共认的礼貌。临文之际，不说某人名某某，而曰某人讳某某，亦正是同样的表示敬意之一端。不必一定等到人死之后才用“讳”字。《日知录》所引的几个生而曰讳的例子是证明此种用法古已有之。

其实，生而曰讳不仅古已有之，近代作家沿用之者亦不乏其人。《水浒传》第二回史进问鲁提辖“高姓大名”，他回答说：“洒家是经略府提辖，姓鲁，讳个达字。”是则自己称自己的名也为讳了。这是否为当时的滥用此字之一例，则不得而知。总之这也是生而曰讳的一例。袁子才小仓山房尺牍《与王顺哉世妹》：“寄上画扇一柄，湖楼即事诗，求世妹和之；转致令继母程夫人令妹讳妕者和之，即交碧梧世妹处寄来。”如不曰讳而曰名，岂不唐突？是生而曰讳，有时有此必要，虽与字之原义不合，无伤也。

若干年前我编一刊物，采一来稿，纪当代某公轶事，第一句是“公讳某……”。引起一些人的批评，以为生而曰讳，不但不通而且不敬。须知语言文字是活的，是随时有变化的，如果每个字都以使用原义为限，真不知我们的语文要贫乏到什么程度。在另一方面，用字以原义为限，恐怕有时又非大众所能了解。总之，语文之事应以约定俗成为准则，似不必泥于古。

如意

近得暇到故宫博物院，其中特辟一室陈列如意，使我大开眼界。幼时见家里藏有两具如意，一大一小，大者制作颇精，柄为木质，顶端是一块很大的白玉，雕有云纹，作灵芝草状，中间及尾端又各镶较小的一块白玉，系有很长的丝线穗带。这一具如意装在玻璃锦匣里，放在上房条案的中央，好像很神圣的样子，当时不知道是作何用的。后来家里办喜事，文定之日致送聘礼，第一台即是这具如意，随后才是首饰、食物之类。后来又随同妆奁而又送了回来。这当然是取其吉祥如意的意思。我们中国人就是喜欢文字游戏，所以枣子、花生、桂圆、栗子四种干果，缝在被褥的四角里，便是象征“早生贵子”的吉祥话。可是如意本来是做什么的，我还是不知道。

《琅嬛记》有一段说："昔有贫士多阴德，遇道士，送与一物，谓之如意，凡心有所欲，一举之顷，随即如意，因即以名之也。"如此说来，如意是道士手中的一种道具，其作用彷佛据说是《天方夜谭》中的阿拉丁神灯了。人生不如意事常八九，哪里会有这样随心所欲的宝贝？《琅嬛记》一书姑妄言之。不过如意是道士所用的一种道具大概是不假。

《世说新语·汰侈》："石崇与王恺争豪……。武帝，恺之甥也，每助恺，尝以一珊瑚树高二尺许赐恺，枝柯扶疏，世罕其匹。恺以示崇，差视讫，以铁如意击之，应手而碎。……"原来如意是铁做的。《晋书·王敦传》，记王大将军酒后高歌"以如意打唾壶为节，壶口尽缺"。可见如意也是手边常备的一件东西，不仅是道士的道具。而且最早的如意是铁做的，玉如意显然是后来的变化，由实用之物变为装饰品。所以宋人高承所撰《事物纪原》什物器用部所说："吴时，秣陵有掘得铜匣，开之得白玉如意，所执处皆刻螭彪蝇蝉等形。胡综谓，秦始皇东游，埋宝以当王气，则此也。盖如意之始，非周之旧，当战国事尔。"这一段话恐不足信。《图书集成考工典》的解释较为近情，"如意，古人用以指画向往，或防不测，炼铁为之"。佛家讲演所持之杖曰如意杖，同时背部搔痒之具亦曰如意。《释氏要览》谓："梵名阿那律（anurubbha），秦言如意。《指归》云，古之爪杖也，云云。用以搔抓，如人之意，故曰如意。"所谓《指归》，系《音义指归》，其原文是"如意者，古之爪杖也，或用竹木削成指爪，柄长可三尺许。或背脊有痒，手不能到，用以搔爬如人之意"。总之，如意原是日常用具，以后逐渐变质，变成为繁复珍奇之陈设或馈赠品。可惜的是故宫博物院所展出者全是大内收藏的近代之较华丽者，而较古朴原始之如意概付阙如，览者未能窥见如意形式之演变。幸室中备有中英文之“如意特展说明”，叙述简要明了，可使览者略知梗概。

看了那么多的如意，金玉、翡翠、玛瑙、珊瑚，有美皆具，无丽不臻，有感于我们以往典章文物之盛，装饰工艺之精，不禁兴起思古之幽情，但是这一切皆已成为陈迹，而且保留至今的这些样品也只能放在玻璃柜里供人欣赏，目前与广大民众实际生活发生关系的工艺作品，其粗陋恶劣在国际上已不复为人所重视。现在台湾也有搔背之具，竹制的、塑胶的到处都有，但是能说那是工艺品么?

复词偏义

胡云翼编注《宋词选》，有两处指出“复词偏义”的例子。一是辛弃疾《贺新郎》：“问渠侬，神州毕竟，几番离合！”注曰：“离合——复词偏义，指离，指中原土地被侵占。”一是黄机《霜天晓角》：“草草兴亡，休问功名，泪欲盈掬。”注曰：“兴亡，这里是复词偏义，指亡说。”所谓复词偏义，是一个修辞学的名词，意为两个意义相反的字联成为一个词，而只用其中一个字的意义。离合，只是指离。兴亡，只是指亡。

这样的例子，唐诗里也有。施鸿宝（保）《读杜诗说》指出杜诗中三个例子。一是《送韦书记赴安西》云：“欲浮江海去”。注曰：“今按《日知录》言，古人诗文有一字相连并用者，此江海亦然，本但用《论语》乘桴浮海意，江则相连并用字也。”一是《收京》云：“克复诚如此，安危在数公。”注曰：“今按公诗，独有‘安危大臣在’，‘安危须仗出群材’，皆是常语，犹得曰得失，是曰是非之类，《日知录》详之。”一是《诸将》云：“多少材官守泾渭”。注曰：“今按诗意是多。云多少者，犹安危是非之类，《日知录》所谓有连及也。”施氏特别标出顾炎武《日知录》所谓“词有连及”之义，亦所以表示已有人指陈在前，不欲掠美之意。

案《日知录》卷二十七通鉴注，原文是这样的：

> “虞翻作表示吕岱，为爱憎所白。”注曰：“谗佞之人有爱有憎，而无公是非，故谓之爱憎。”愚谓爱憎，憎也。言憎而并及爱。古人之辞宽缓不迫故也。又如得失，失也。《史记·刺客传》：“多人不能无生得失。”利害，害也。《史记·吴王濞传》：“擅兵而别，多佗利害。”缓急，急也。《史记·仓公传》：“缓急无可使者。”《游侠传》：“缓急，人之所时有也。”成败，败也。《后汉书·何进传》：“先帝尝与太后不快，几至成败。”同异，异也。《吴志·孙皓传》：“荡异同如反掌。”《晋书·王彬传》：“江州当人强盛时，能立异同。”赢缩，缩也。《吴志·诸葛恪传》：“一朝赢缩，人情万端。”祸福，祸也。晋欧阳建《临终》诗：“潜图密已构，成此祸福端。”皆此类。

事实上此种词语不仅见之于古人诗文，我们的语言里也有类似的实例。《红楼梦》里有这样的句子：“不要落了人的褒贬。”

按，褒是誉，贬是毁，春秋以一字为褒贬，两个字代表截然不同的意思，可是二字连用在我们日常用语里却是有贬无褒。落了褒贬就是受人责难之意。不但《红楼梦》有此用法，现行的国语仍有此一义，所以《国语辞典》也收有褒贬一语，释为贬抑之意。

常听人说："万一有个好歹，我可负不起责任。"此好歹一语当然是指歹，不是指好，意为不幸的事。"人有旦夕祸福"，指祸。我想类似的例子还多的是。

复词偏义实在是不合理，斥之为"不通"也未尝不可，不过语言文字的形成时常有不合逻辑的地方，约定俗成，大家都这样沿用，我们也只好承认其为一格。析理过细，反倒像是吹毛求疵。

闲暇

英国十八世纪的笛孚[①]，以《鲁滨孙漂流记》一书闻名于世，其实他写小说是在近六十岁才开始的，他以前的几十年写作差不多全是以新闻记者的身分所写的散文。最早的一本书一六九七年刊行的《设计杂谈》（*An Essay upon Projects*）是一部逸趣横生的奇书，我现在不预备介绍此书的内容，我只要引其中的一句话："人乃是上帝所创造的最不善于谋生的动物；没有别的一种动物曾经饿死过；外界的大自然给他们预备了衣与食；内心的自然本性给他们安设了一种本能，永远会指导他们设法谋取衣食；但是

① 即英国小说家笛福（1660—1771）。

人必须工作，否则就挨饿，必须做奴役，否则就得死；他固然是有理性指导他，很少人服从理性指导而沦于这样不幸的状态；但是一个人年轻时犯了错误，以至后来颠沛困苦，没有钱，没有朋友，没有健康，他只好死于沟壑，或是死于一个更恶劣的地方——医院。”这一段话，不可以就表面字义上去了解，须知笛孚是一位“反语”大师，他惯说反话。人为万物之灵，谁不知道？事实上在自然界里一大批一大批饿死的是禽兽，不是人。人要适合于理性的生活，要改善生活状态，所以才要工作。笛孚本人是工作极为勤奋的人，他办刊物、写文章、做生意，从军又服官，一生忙个不停。就是在这本《设计杂谈》里，他也提出了许多高瞻远瞩的计划，像预言一般后来都一一实现了。

人辛勤困苦的工作，所为何来？夙兴夜寐，胼手胝足，如果纯是为了温饱像蚂蚁蜜蜂一样，那又何贵乎做人？想起罗马皇帝玛可斯奥瑞利阿斯[①]的一段话：

> 在天亮的时候，如果你懒得起床，要随时作如是想：“我要起来，去做一个人的工作。”我生来就是为了做那工作的，我来到世间就是为了做那工作的，那么现在就去做那工作又有什么可怨的呢？我既是为了这工作而生的，那么我应该蜷卧在被窝里取暖么？“被窝里较为舒适呀。”那么你是生来为了享乐的吗？简言之，我且问汝，你是被动的还是主动的要有所作为？试想每一个小的植物，每一小鸟、蚂蚁、蜘蛛、蜜蜂，他们是如何的勤于操作，如何的克尽厥职，以组成一

① 今译“马可·奥勒留”。

个有秩序的宇宙。那么你可以拒绝去做一个人的工作吗？自然命令你做的事还不赶快的去做么？“但是一些休息也是必要的呀。”这我不否认。但是根据自然之道，这也要有个限制，犹如饮食一般。你已经超过限制了，你已经超过足够的限量了。但是讲到工作你却不如此了；多做一点你也不肯。

这一段策励自己勉力工作的话，足以发人深省，其中“以组一个有秩序的宇宙”一语至堪玩味。使我们不能不想起古罗马的文明秩序是建立在奴隶制度之上的。有劳苦的大众在那里辛勤的操作，解决了大家的生活问题，然后少数的上层社会人士才有闲暇去做“人的工作”。大多数人是蚂蚁、蜜蜂，少数人是人。做“人的工作”需要有闲暇。所谓闲暇，不是饱食终日无所用心之谓，是免于蚂蚁、蜜蜂般的工作之谓。养尊处优，嬉遨惰慢，那是蚂蚁、蜜蜂之不如，还能算人！靠了逢迎当道，甚至为虎作伥，而猎取一官半职或分享一些残羹剩炙，那是帮闲或是帮凶，都不是人的工作。奥瑞利阿斯推崇工作之必要，话是不错，但勤于操作亦应有个限度，不能像蚂蚁、蜜蜂那样的工作。劳动是必需的，但劳动不应该是终极的目标。而且劳动亦不应该由一部分负担而令另一部分坐享其成果。

人类最高理想应该是人人能有闲暇，于必需的工作之余还能有闲暇去做人，有闲暇去做人的工作，去享受人的生活。我们应该希望人人都能属于“有闲阶级”。有闲阶级如能普及于全人类，那便不复是罪恶。人在有闲的时候才最像是一个人。手脚相当闲，头脑才能相当的忙起来。我们并不向往六朝人那样萧然若神仙的样子，我们却企盼人人都能有闲去发展他的智慧与才能。

钱神论

我在拙译莎士比亚《雅典的泰蒙》序里说："此剧有几段非常精采的戏词，其中最著名的一段是泰蒙咒骂黄金（第四幕第三景）。金钱之为害人间，古今中外的文学家类多慨乎言之。（我们的《晋书·隐逸·鲁褒传》内有一篇《钱神论》就是一篇出色的讽刺文。"

案《晋书》卷九十四《鲁褒传》的全文是这样的：

鲁褒，字元道，南阳人也。好学多闻，以贫素自立。元康之后，纲纪大坏，褒伤时之贪鄙，乃隐姓名，而著《钱神论》以刺之。其略曰："钱之为体，有乾坤之象，内则其方，外则其圜。其积如山，其流如川。动静有时，行藏有节。市井便易，不患耗折，难折象寿，不匮象道，故能长久，为世神宝。亲之如兄，字曰孔方。失之则贫弱，得之则富昌。无翼而飞，无足而走。解严毅之颜，开难发之口。钱多者处前，钱少者居后。处前者为君长，在后者为臣仆。君长者丰衍而有余，臣仆者穷竭而不足。诗云‘哿矣富人，哀此茕独’，钱之为言泉也，无远不往，无幽不至。京邑衣冠，疲劳讲肄，厌闻清谈，对之睡寐，见我家兄，莫不惊视。钱之所佑，吉无不利。何必读书，然后富贵？昔吕公欣悦于空版，汉祖克之于赢二，文君解布裳而被锦绣，相如乘高盖而解犊鼻，官尊名显，皆钱所致。空版至虚，而况有实，赢二虽少，以致亲密。由此论之，谓为神物。无德而尊，无势而热。排金门而入紫闼。危可使安，死可使活，贵可使贱，生可使杀。是故忿争非钱不胜，幽滞非钱不拔，怨雠非钱不解，令问非钱不发。洛中朱衣，当途之士，爱我家兄，皆无已已，执我之手，抱我终始，不计优劣，不论年纪，宾客辐辏，门常如市。谚曰：‘钱无耳可使鬼’。凡今之人，惟钱而已。故曰，军无财，士不来，军无赏，士不往。仕无中人，不如归田，虽有中人而无家兄，不异无翼而欲飞，无足而欲行。”盖疾时者共传其文。褒不仕，莫知其所终。

可惜《晋书》所载仅是其略，无从窥其全豹。《晋书》有注，引《全晋文》注曰：“案《钱神论》，《艺文类聚》与《晋书》各有删节，尚非全篇。……”《类聚》卷六十六所载，与《晋书》所载文字上亦颇有出入。总之，鲁褒是一位高人，隐姓名而著《钱神论》，疾时者共传其文，所以全文虽传于后，仅赖口传，遂多异文。篇中警句是："无翼而飞，无足而走。解严毅之颜，开难发之口。……何必读书，然后富贵？……危可使安，死可使活，贵可使贱，生可使杀。"盖极言钱的力量足以淆惑是非、颠倒贵贱。莎士比亚《雅典的泰蒙》有不谋而合的鞭辟入里的名句：

> 这是什么？金子！黄澄澄的，亮晶晶的，宝贵的金子！……这么多的这种东西将要把黑变成白，丑变成美，非变成是，卑贱变成高贵，老变成少，怯懦变成勇敢。……这东西会把你们的祭司和仆人从你们身边拉走，把健壮大汉头下的枕头突然抽去；这黄色的奴才可以使人在宗教上团结或分离；使该受诅咒的得福；让浑身长满白皮癞的人受人喜爱；使盗贼成为显要，给他们官衔，受人的跪拜和颂扬，和元老们同席并坐；就是这个东西使得憔悴的寡妇能够再嫁；她，住花柳病院的和生大麻风的人看了都要恶心，但是这东西能把她薰香成为四月那样的鲜艳。……

鲁褒写此文时，是在元康之后，元康是晋惠帝的年号（二九一—二九九），正是八王之乱的前夕（八王之乱是三〇〇—三〇六），此文之作是在这一段天下骚动之时，必是伤时忧世，发为讽刺之论。而贫鄙之风又何曾以那一段时间为限？古往今来，什么时代金钱不在作祟？在英国，摩尔的《乌托邦》就已对金钱有了深刻的认识，莎士比亚的泰蒙只是根据古代故事而刻画成的一个人物，他好像是"挥霍金钱"和"嫉恨人类"两种精神的拟人化。他对金钱之最恶毒的诅咒是"你这人类公用的娼妇"！这娼妇对人是一视同仁的，她没有阶级的歧视。

树犹如此

奥斯丁[1]的小说*Sense and Sensibility*里面的一个人物爱德华·佛拉尔斯说过这样的一句话："我不喜欢弯曲的、扭卷的、受过摧残的树。如果它们长得又高又直，并且茂盛，我便更能欣赏它们。"我有同感。

在这亚热带的城市里住了二十多年，所看见的树令人觉得愉快的并不太多。椰子树、槟榔树，倒是又高又直，像电线杆子似的，又像是摔头的鸡毛帚，能说是树么？难得看到像样子的枝叶

---

① 即英国女作家珍妮·奥斯丁（1775—1817），著有长篇小说《理智与情感》《傲慢与偏见》《爱玛》等。

扶疏的树。有时候驱车经过一段马路看见两排重阳木，相当高大，很是壮观，顿时觉得心中一畅。龙柏、马尾松之类有时在庭园里也能看到，但多少总是罩上了一层晦气，是烟，是灰，是尘？一定要到郊外，像阳明山，才能看见娇翠欲滴的树，总像是刚被雨水洗过的样子。有一次登阿里山，才算是看见了真正健康的树，有茁壮的幼苗，有参天的古木，有腐朽的根株。在规模上和美国华盛顿州奥仑匹亚半岛的国家森林固不能比，但其原始的蛮荒的气味则殊无二致。稍有遗憾的是，凡大森林都嫌单调，杉就是杉，柏就是柏，没有变化。我们中国人看树，特别喜欢它的姿态，会心处并不在多。《芥子园画谱》教人画树，三株一簇，五株一簇，其中的树叶有圆圈，有个字，也有横点，说不出是什么树，反正是各极其妍。艺术模仿自然，自然也模仿艺术。要不然，我们怎会说某一棵树有画意，可以入画呢？但是树也不一定要虬曲蟠结才算是美。事实上，那些横出斜逸的树往往是意外所造成的，或是生在峭壁的罅隙里，或是经年遭受狂风的打击，所以才有那一副不寻常的样子。犹之人也有不幸而跛足驼背者。我们不能说只有畸形残废的才算是美。

盆栽之术，盛行于东瀛，实在是源于我国，江南一带的名园无不有此点缀。《姑苏志》：“虎丘人善于盆中植奇花异卉，盘松古梅，置之几案，清雅可爱，谓之盆景。”即使一个古色古香的盆子，种上一丛文竹，放在桌上，时有新条茁长，即很有可观，不要奇花异卉。比瓶中供养或插花之类要自然得多。曾见有人折下两朵红莲，插在一只长颈细腰的霁红瓶里，亭亭玉立，姿态绰约，但是总令人生不快之感，不如任它生长在淤泥之中。美人可爱，但不能像沙洛美似的把头切下来盛在盘子里。盆栽的工人通常用粗硬铁丝把小树的软条捆绕起来，然后弯曲之，使成各种固定的姿态，不仅像是五花大绑，而且是使铁丝逐渐陷入树皮之中的酷刑。树何曾不想挣脱羁绊，但是不得不屈服在暴力之下！而且那低头匐伏的惨状还要展览示众!

凡艺术作品，其尺寸大小自有其合理的限制。佛像的塑造或图画无妨尽量的大，因为其目的本来是要造成一种庄严威慑的气势，不如此，那些善男信女怎么五体投地的膜拜呢？活人则不然。普通人物画总是最多以不超过人之原有的尺寸为度。一个美人的绘像，无论如何不能与庙门口的四大金刚看齐。树和人一样，松柏之类天生的高耸参天，若是勉强它局促在一个盆子之内，它也能活，但是它未能尽其天性。我看过一盆号称千年古梅的盆景，确实是很珍贵，很难得，也很有趣，但是我总觉得它像是马戏团的侏儒。

清龚定庵写过一篇文章，题为《病梅馆记》。从前小学教科书国文课本里选过这篇文章，给人的印象很深。他有很多盆梅，都是加过人工的，他于心不忍，一一解其束缚，使能恢复正常之生长，因以“病梅馆”名其居。我手边没有龚定庵的集子，无从查考原文，因看到奥斯丁小说中之一语而联想及之。

酒壶

《吴志·孙权传》注："吴书曰：郑泉字文渊，性嗜酒，临卒谓同类曰：'必葬我陶家之侧，庶百岁之后，化而为土，若见取为酒壶。实获我心矣。'"这一位酒徒，痴得可以。一辈子拍浮酒池中还嫌不够，希望死后化为泥土，由陶工去制成酒壶，以便经常有酒灌注进去，这副馋相！他还是不够豁达。百岁之后，那陶家还在么？尽管你的尸骨化成泥，制成壶，一只陶器能保存多久？尽管能保存得很久，那时你将成为古董，会被人陈列在玻璃柜里，你还希望有人以酒浆湿润你的喉咙？不过这位郑泉先生因嗜酒而想入非非，究竟是可人。千载之下，犹可想见这位酣[illegible]至死的雅人深致。

波斯诗人欧玛·卡雅姆的四行绝句英译有这样的几节：

三三

于是我对旋转的苍天大喊，
我问："命运可有明灯一盏，
引导暗中跌撞的孩子们？"
上天回答："这想法好肤浅！"

三四

于是我掉转嘴唇挨近酒杯
向它请教生命的奥秘，
它唇接唇的轻轻回答我——
"活一天就喝酒罢！死后不再回来的。"

三五

我想这杯，它悄悄的回答我，
当初也曾生存，而且作乐；
我如今吻的这冷冰冰的唇
可能吻过人好多次，又好多次被吻过。

三六

有一天黄昏时候，在市场里，
我看见陶工揉和他的湿泥：
早已稀烂的舌头还在低声说——

“轻一点，老兄，轻一点，我求你！”

这位诗人也是幻想着那酒杯当初是活人的尸体捏制成的，英译者菲兹哲罗有一个注，提到一篇波斯的故事，述一旅客口渴举杯欲饮，忽闻神奇声音告以此杯之原质当初也是活人。可见人死后尸体变成酒杯之说法，早已相当普遍。第五十九首至六十六首，加标题为“瓦罐篇”，描写开斋前夕陶器店里一排排的陶器说起话来了，有的问谁是陶工、谁是瓦罐，有的说抟泥成器不会没有意义，有的为它的丑形解嘲，有的抱怨说浑身的泥土发干。这是诗人骋其想像把一个概念加以具体的描写。想郑泉先生临终时只是简简单单的遗嘱葬身于陶家之侧，其平时可能想到人死变成酒壶以后的种种情况，也可能悟出一篇人生奥秘的大道理，但是他没有留下什么作品，所以他只是一位雅士，而非诗人。

利用零碎时间

英国有一位政治家兼作者威廉·考贝特（William Cobbett，1762—1835）。他写过一本书《对青年人的劝告》，其中有一段“利用零碎时间”，如下：

> 文法的学习并不需要减少办事的时间，也不需要占去必需的运动时间。平常在茶馆、咖啡馆用掉的时间以及附带着的闲谈所用掉的时间，亦即一年中所浪费掉的时间——如果用在文法的学习上，便会使你在余生中成为一个精确的说话者与写作者。你们不需要进学校，用不着课室，无需费用，没有任何麻烦的情形。我学习文法是在每日赚六便士当兵的

时候。床的边沿或岗哨铺位的边沿便是我们研习的座位，我的背包便是我的书架子，一小块木板放在腿上便是我的写字台，而这工作并未用掉一整年的功夫。我没钱去买蜡烛油；在冬天除了火光以外我很难得在夜晚有任何照光，而那也只好等到我轮值时才有。

如果我在这种情形之下，既无父母又无朋友给我以帮助与鼓励，居然能完成这工作，那么任何年轻人，无论多穷苦，无论多忙，无论多缺乏房间或方便，可有什么可借口的呢？为了买一枝笔或一张纸，我被迫放弃一部分粮食，虽然是在半饥饿状态中。在时间上没有一刻钟可以说是属于我自己的；我必须在十来个最放肆而又随便的人们之高谈阔论、歌唱、嬉笑、吹哨、吵闹当中阅读、写作，而且是在他们毫无顾忌的时间里。莫要轻视我偶尔花掉的买纸、笔、墨水的那几文钱。那几文钱对于我是一笔巨款！除了为我们上市购买食物所费之外，我们每人每星期所得不过是两便士。我再说一遍，如果我能在此种情形之下完成这项工作，世界上可能有一个青年能找到借口说办不到吗？哪一位青年读了我这篇文字，若是还说没有时间没有机会研习这学问中最重要的一项，他能不羞惭吗？

以我而论，我可以老实讲，我之所以成功，得力于严格遵守我在此讲给你们听的教条者，过于我的天赋的能力；因为天赋能力，无论多少，比较起来用处较少，纵然以严肃和克己来相辅，如果我在早年没有养成那爱惜光阴之良好习惯。我在军队获得非常的擢升，有赖于此者胜过其他任何事物。我是“永远有备”；如果我在十点要站岗，我在九点就准备好了；从来没有任何人或任何事在等候我片刻时光。年到二十岁，从上等兵立刻升到军士长，越过了三十名中士，应该成为大家嫉恨的对象；但是早起的习惯以及严格遵守我讲给你们听的教条，确曾消灭了那些嫉恨的情绪，因为每个人都觉得我所做的乃是他们所没有做的而且是他们所永不会做的。

考贝特这个人是工人之子，出身寒微，早年在美洲从军，但是他终于因苦读自修而成功，他写了不少的书，其中有一部是《英文文法》。

常有人问我：大部分时间用在什么上面？我回答说：我的大部分时间浪费掉了。这并非是矫情。的确，大部分时间是未加利用，浑浑噩噩的消磨掉了，所以一事无成，老大伤悲。我又常听人说，他想读一点书，苦于没有时间。我不同情他，因为一个人不管多么忙，总不至于忙得抽不出一点时间。如果每日抽出一小时读书，一年就有三百六十五小时，十年就有三千六百五十小时，积少成多，何事不可为？放翁诗有“呼僮不应自升火，待饭未来还读书”之句，我曾写了张贴在壁上，鞭策自已不要浪费“待饭未来”的那一段光阴。我的子女也无意中受到影响，待饭的时间人手一卷。这就是利用零碎时间之一道。古人所谓“马上、枕上、厕上”三上之功，其立意也无非是如此。

西人有度周末之说，工商界人士一周劳瘁，到周末游憩，亦我国休沐之意，未可厚非。读书人似应仍以“焚膏油以继晷，恒兀兀而穷年”为圭臬。零碎时间不可浪费，矧周末大好时光，竟杀之而后快？

图书在版编目（CIP）数据

寂寞是一种清福 / 梁实秋著 . —长沙：湖南文艺出版社，2013.1
ISBN 978-7-5404-5426-5

Ⅰ. ①寂…　Ⅱ. ①梁…　Ⅲ. ①散文集—中国—现代　Ⅳ. ① I266

中国版本图书馆 CIP 数据核字（2012）第 262540 号

上架建议：名家经典 · 散文

寂寞是一种清福

作　　者：梁实秋
出 版 人：刘清华
责任编辑：丁丽丹 · 刘诗哲
监　　制：张应娜
特约编辑：丛龙艳
封面设计：吕彦秋
版式设计：姜利锐
出版发行：湖南文艺出版社
（长沙市雨花区东二环一段 508 号　邮编：410014）
网　　址：www.hnwy.net
印　　刷：北京鹏润伟业印刷有限公司
经　　销：新华书店
开　　本：880mm × 1270mm　1/32
字　　数：186 千字
印　　张：9
版　　次：2013 年 1 月第 1 版
印　　次：2013 年 1 月第 1 次印刷
书　　号：ISBN 978-7-5404-5426-5
定　　价：28.00 元
（若有质量问题，请致电质量监督电话：010-84409925）